欧洲十大
犯罪推理小说家
瓦尔加斯
系列

蓝圈人

[法] 弗蕾德·瓦尔加斯◎著
余　宁◎译

新　华　出　版　社

图书在版编目（CIP）数据

蓝圈人／（法）弗蕾德·瓦尔加斯著；余宁译.
北京：新华出版社，2017.8
书名原文：L'Homme Aux Cercles Bleus
ISBN 978－7－5166－4267－2
Ⅰ.①蓝…　Ⅱ.①弗…②余…　Ⅲ.①侦探小说－法国－现代
Ⅳ.①I565.45
中国版本图书馆CIP数据核字（2018）第161385号
著作权合同登记号：01－2015－7607

蓝圈人

作　　者：（法）弗蕾德·瓦尔加斯　**译　　者**：余　宁
责任编辑：李　成　**封面设计**：李尘工作室
出版发行：新华出版社
地　　址：北京石景山区京原路8号　**邮　　编**：100040
网　　址：http：//www.xinhuapub.com
经　　销：新华书店
购书热线：010－63077122　**中国新闻书店购书热线**：010－63072012
印　　刷：河北鑫兆源印刷有限公司
成品尺寸：148mm×210mm　**开　　本**：32
印　　张：6.5　**字　　数**：130千字
版　　次：2018年12月第一版　**印　　次**：2018年12月第一次印刷
书　　号：ISBN 978－7－5166－4267－2
定　　价：32.00元

玛蒂尔德掏出她的记事本写道：坐在我左边的这个家伙没把我放在眼里。

她喝了一口啤酒，又看了一眼她的邻座，一个身材高大的家伙，十分钟以来一直在用手指轻轻敲击着桌面。

她在她的本上继续写道："他坐得离我太近，好像我们互相认识，可我从没见过他。我绝对没有见过他。人们对这个戴墨镜的家伙可讲不出什么大事。我此刻正坐在圣雅克咖啡馆的露天座里，我点了一份半升鲜啤。我喝着啤酒。我全神贯注于这杯啤酒。我看不出还有什么更好的事情可做。"

玛蒂尔德的邻座仍在敲桌面。

"出什么事了吗？"她问。

玛蒂尔德有着低沉和沙哑的嗓音。人们听她说话会判断是一个男人，并且是个老烟枪。

"什么事都没有。为什么这么说？"男人问。

"我觉得看着您敲桌子我很上火。今天所有事都让我心烦。"

玛蒂尔德喝完了她的啤酒。没滋没味，一个典型的星期天。玛蒂尔德感觉自己比其他人更受到这种相当普遍的痛苦折磨，她称之为第七日的焦虑。

"我猜您大约有五十多岁？"男人问道，并没有放过她。

"可能吧，"玛蒂尔德说。

她很恼火。这跟这家伙又有什么关系？此刻，她刚刚看到对面喷泉的一股水柱被风吹偏了方向，淋湿了一个向下雕刻的天使的胳膊，而这，很可能是些永恒的瞬间。说到底，这家伙正在破坏她第七日中唯一的一个永恒瞬间。

人们通常会少猜十年。她这么对他说。

“那又怎样呢？”男人说。“我通常也不懂得如何估算别人的年龄。不过我猜您相当漂亮，我不会猜错吧？”

“我的脸上有什么问题吗？您好像不十分确定的样子，”玛蒂尔德说。

“是啊，”男人说，“我猜您相当漂亮，但是我没办法保证。”

“随您的便吧，”玛蒂尔德说。“反正无论如何，您都很漂亮，我能够跟您保证，假如这对您有用的话。事实上，这总是有用的。然后我就把您给留在这儿。说到底，我今天真是烦透了，没心情跟您这样的人说话。”

“我也并不轻松。我去看一间招租公寓，结果已经被人订下了。您是怎么回事？”

“我让一个到手的人溜掉了。”

“一个女伴吗？”

“不，是我在地铁里跟踪的一个女人。我已经记了不少笔记，结果一转眼，我就把她给丢了。您看出一点儿了吗？”

“不。我什么也看不到。”

“您没努力，这才是本质问题。”

“我显然没努力。”

“作为男人，您真让人受不了。”

“对，我让人受不了。此外我还是个盲人。”

“见鬼，”玛蒂尔德说，“我很抱歉。”

男人转向她，露出一个坏坏的微笑。

“为什么要抱歉?”他说。“无论如何，这都不是您的错。”

玛蒂尔德心想她应该马上闭嘴。但她同样知道她做不到。

“那是谁的错呢?”她问。

漂亮的盲人，玛蒂尔德已在心里这样命名他，他现在重新把后背的四分之三靠回了椅背。

“我当时正在解剖一头母狮，为了搞清猫科动物的运动系统。人们有多忽视猫科动物的运动系统啊！有的时候我就想，这可真迷人，而其他时候我则想，见鬼，那些狮子，它们会行走、会后退、会跳跃，这都是要去了解的。有一天，我用解剖刀一时失手……”

“然后所有东西就都喷出来了。”

“没错。您怎么知道的?”

“有那么个小伙子，就是修建卢浮宫柱廊的那位，他就是这么死的，因为摊在桌上的一具骆驼死尸。不过那是在很久以前，而且那是头骆驼。事实上这有很大不同。”

“但腐败就是腐败。腐败物射进我的眼睛。我就这样看不见了。完蛋了，再没有办法能看得见了。混蛋。”

“这真是头坏母狮。我知道像这样的动物。这件事有多久了?”

“十一年。假如说那头母狮在时间上开了一个如此好的玩笑。最终，我现在也偶尔开开玩笑了。但在那一下上面，绝不。一个月以后，我回到实验室，捣毁了一切，我把腐败物弄得到处都是，我希望腐败物落入所有人的眼睛，我销毁了团队在猫科动物运动问题上的所有工作。当然了，我并没有因此找回我的快乐。我心灰意冷。”

“您的眼睛，它们曾经是什么颜色?”

“黑得像雨燕的羽毛，黑得像划开天空的剪刀。”

“那现在它们是什么样的？”

“没人敢对我描述它们。我猜是黑的、红的和白的。人们一看到它就屏住呼吸。我猜想那景象一定丑陋极了。我再也摘不掉我的眼镜。”

“如果您当真想知道它们是什么样的，”玛蒂尔德说，“我倒很愿意看看它们。丑陋不会使我感到不便。”

“人们都这么说。然后他们就哭了。”

“有一天我潜水时，一条鲨鱼咬了我的腿。”

“明白了，那绝不会很美。”

“您看不见以后最怀念什么？”

“您的问题真是要了我的命。人们不能整整一天就这么谈论些狮子、鲨鱼，和肮脏小动物。”

“不，或许不能。”

“我怀念姑娘们。这再普通不过了。”

“母狮之后，姑娘们就走了吗？”

“可以这么认为。您不和我说说，您为什么要跟踪那个女人呢？”

“不为什么。您知道，我跟踪很多很多人。这由不得我。”

“您的情人在鲨鱼之后也走了吗？”

“他走了，其他的人来了。”

“您真是个独特的女人。”

“您为什么这么说？”玛蒂尔德说。

“因为您的嗓音。”

“您从嗓音中听到什么呢？”

“好了，我是不会对您说的！见鬼，我身上还剩下什么呢？您总得给盲人留下点儿东西吧，女士，”男人露出一丝微笑说。

他站起身准备离开。他几乎没喝杯中的饮料。

“等一下。您叫什么名字？”玛蒂尔德说。

男人犹豫了一下。

“夏尔·雷耶，”他说。

“谢谢。我叫玛蒂尔德。”

漂亮的盲人说这是个相当优雅的名字，说正是这个玛蒂尔德女王统治了十二世纪的英格兰，然后，他就用手指摸索着墙壁走了。玛蒂尔德倒不在乎什么十二世纪，她皱着眉喝干了盲人的那杯酒。

好长时间以来，好几个星期之内，当玛蒂尔德走过人行道时，她总会同时用眼角去搜寻那个漂亮的盲人。她没有看到他。她猜他三十五岁。

* * *

人们把他任命为巴黎第 5 区的警长。此刻，他正步行前往他的新办公室，去度过他在那里的第十二天。

幸好是巴黎。

这是整个国家他唯一可能喜爱的一座城市。很久以来，他都相信自己对于生活在哪个地方无所谓，就像他对所吃的食物无所谓，对周遭的家具无所谓，对他所穿的衣服无所谓一样，完全不知道它们是从哪里给出、接受和找到的。

但最终，对于生活的地方来说，并非是同样简单。让－巴蒂斯特·阿当斯贝格赤脚跑遍了整座满是石头的下比利牛斯山。他在那里生活和睡觉，而后，一朝成为警察，他便与谋杀为伍，石头村子里的谋杀，矿道里的谋杀。他牢牢记住小石子在脚下发出的声音，还有抱住您的大山，像个肌肉健硕的老男人一样向您威逼过来的大山。当他二十五岁刚进入警局的时候，他们说他是“森林里来的”。也许是想指出一种野性和土气，他不能十分确定。而他觉得这既不独特，也非恭维。

他向一位年轻女警探询问为什么，她是他的直属上级，他很想吻她，但她比他大十岁，所以他不敢。她很为难，她说：“自己想吧，您在一面镜子前照一照，然后您就会自己明白的。”当天晚上，他带着一种气恼观察着自己矮小结实的褐色身影，因为他喜爱高大的白人，第二天，他说：“我在镜子前照了，我看了，但我还是不明白您对我所说的。”

“阿当斯贝格，”女警探说，她有一丝疲倦，又有一丝无措，“您为什么要讲这种东西？为什么要提问题？我们在办手表失窃的案子，这就是我们所需要搞清的全部事情，我不想谈论您的身体。”她又补充道：“人们付我工资，不是为了来谈论您的身体的。”

“好吧，”让一巴蒂斯特说，“您别这么激动。”

一小时后，他听到打字机的声音停止，女警探在叫他。她很不高兴。“让我们停止吧，”她说，“就让我们说这是森林里来的孩子的身体，就这么回事。”他回答：“您的意思是说他很原始，很丑吗？”她的样子看上去更无措了。“别让我开口说您帅吧，阿当斯贝格，不过您的确有千里挑一的天赋，带着它好好打理您的生活吧”，她的嗓音中有一些疲劳，还有一些温柔，他很肯定。他清楚地记得那其中还夹杂了一丝颤抖，尤其是这从此以后再没在她身上出现过。他心里咚咚乱跳地等待着后文。或许她会吻他，或许，但她停止与他以你相称，从此以后再没这样说过。除了这句话，仿佛带着绝望地说出："您在警局没什么可做的了，让－巴蒂斯特。因为警局不是森林里来的。"

她错了。他在随后的五年中一桩接一桩地解决了四起谋杀案，他的同事都觉得他所依据的那种方式不可思议，也就是说不公平，气人。"你一点儿力也不出，阿当斯贝格，"他们对他说；"你待在那儿，你拖拉，你做梦，你注视墙壁，你在膝头上涂抹些简笔画，好像你天赋异禀、前途无量似的，然后某天你懒散又亲切地回来，然后你说：'必须逮捕神甫先生，他勒死了那个小男孩，为了不让他开口讲话'。"

解决四起谋杀案的森林里来的孩子就这么成为警探，然后是警长，始终花费一小时一小时的时间在他的膝头上、在他那不像样的裤子上涂抹些很小的图画。两周前，人们把他提升到巴黎。他把他的办公桌丢在身后，那上面堆满了他二十年间的涂鸦，画画从来不会像生活那样令他感觉不便。

然而，人们有时却会使他烦恼！因为他太过经常地预先知道他将要听到的话。他每次都想，"现在，这家伙就要这么说了"，他抱怨，感觉讨厌，而当那家伙当真这么说出来的时候这种感觉还要更甚。于是他痛苦忍耐，乞求有那么一个上帝，在某天能够赐予他一份惊讶，而非这一份知觉。

让－巴蒂斯特·阿当斯贝格在他新上任的警察分局对面的一家小酒馆里搅着他的咖啡。他现在是不是更加明白人们为什么会觉得他是森林里来的呢？是的，他在这其中看得更清晰了一些，但人们使用词语时会用错和用偏。对他尤其如此。有一点可以肯定，那就是唯有巴黎懂得为他归还一片矿石的世界，他发现他极其需要它。

巴黎，石头的城市。

这里当然有一些树，这是无法避免的，不过无所谓，只要不去看它们就行了。还有那些广场，只要避开它们，那一切就都很美满。阿当斯贝格在植物方面只喜欢那些低矮的小灌木和蔬菜。还有一点可以肯定，那就是事情或许并没怎么改变，既然他新同事的眼神让他回想起二十年前比利牛斯山的那些同事的眼神的话，都带着同样掩藏的惊愕、在他背后的嘀嘀咕咕、头部的或点或摇、嘴边不满的褶皱、做着无能为力样子的分开的手指。所有这些默默无声中的活动都在试图表达：这家伙到底谁啊？

他温和地微笑、温和地握手、温和地解释和倾听，因为阿当斯贝格做一切事永远是温和的。但十一天后，他的同事还是没有靠近他，也没人向他表达他们所忧虑的、他们要与之打交道的这个生命世界中新来的家伙是个什么人，他们该怎么辅佐他，怎么与他对话，怎么为他分忧，怎么讨好他。十一天以来，5区警局淹没在一片窃窃私语中，仿佛一个轻柔的奥秘打断了普通生活。

与他在比利牛斯的起步工作有所不同的是，现今他的名望使事情变得稍稍简单一些。但这还是无法使人忘记他是从别处来的。昨天，他听到组里最老的那个巴黎人压低嗓音说：“他是从比利牛斯来的，你瞧，那可是世界的另一头呢。”

阿当斯贝格本该半小时前就到达办公室的，但他始终在对面的小酒馆里搅着他的咖啡。

这并不是因为如今四十五岁的他在身边收获了一种尊敬，可以允许他上班迟到。在他二十岁时，他就已经在迟到了。甚至他的出生都迟了十六天。阿当斯贝格没有手表，但他没法解释为什么，此外他也不是反对手表。也不反对雨伞。事实上他不反对任何东西。并不是他只想做那些他所渴望的事，而是他不知道该不该去为某些事情努力，因为他的心情偶尔会站在那些事情的对立面。他从来都不知道，即便当他那么希望取悦那名漂亮女警探的时候。即便是为了她。人们会说阿当斯贝格这种情况真是绝望，有时这也是他的想法。但并不总是。

而今天，他就是想搅动咖啡，慢慢地搅。三天前，一个家伙在自己的布料仓库里被杀了。这人的生意似乎非常无耻，因此他手下的三个警探都在分析客户文件，并坚信能在其中找到凶手。

自从见过死者家属以后，阿当斯贝格就不太担心这个案子了。他的警探们查找的是一个被欺诈的客户，他们甚至找到了一条可靠的线索，而他，他看到的是死者的继子，帕特里斯·韦尔努，一个二十三岁的漂亮家伙，优雅又浪漫。这就是他所做的所有事，他看着他。他已经用各种借口把他传唤来警局三次，跟他天南海北地一通聊：他对他继父的秃顶怎么看，会不会让他倒胃口，他是否喜欢布料厂，当发生电力罢工时他怎么做，他如何解读那么多人痴迷于家谱？

最近的一次就在昨天，对话是这样进行的：

“您觉得自己长得帅么？”阿当斯贝格问。

“这让我很难回答说不。”

“您的确很有道理。”

“您能告诉我为什么叫我来这儿么？”

“好。当然是为了您继父。您曾对我说，当他同您母亲一起睡时，您仍然很难接受？”

年轻人耸了耸肩。

“无论如何，我在这件事上什么也做不了，除非我杀了他，而我没那样做。但我的确动过一点儿心，这是真的。我继父是那种野猪一样的人。连耳朵里面都长着毛，这确实令我难受。您满意吗？”

“我完全不知道。有一天，我看到我母亲和我班上的一个同学睡在一起。可怜人，她多少还算忠诚呢。我重新关上门，我记得我心里想的唯一一件事，就是那男孩的背上有一颗青痣，但妈妈或许没看到。”

“我实在看不出我在这里面能做些什么，”小伙子局促不安地低声抱怨着。“假如您比我勇敢，那是您的事。”

“不，不过这也没什么要紧。您母亲，您觉得她悲伤么？”

“当然。”

“好吧。这很好。别太过频繁地去看她了。”

然后他就叫那小伙子离开了。

阿当斯贝格走进警局。他目前最钟爱的警探，就是阿德里安·丹格拉尔了，这是一个长相不十分出色、穿得却十分出色的男人，肚子和屁股都下垂，总喝酒，通常下午四点以后就不再那么可靠了，有时之前也会这样。但他很真实，特别真实，阿当斯贝格还没有找到其他的词可以形容他。丹格拉尔为他在桌上备好了一份布料商的客户文件摘要。

“丹格拉尔，我今天想见那个继子，那个年轻小伙子，帕特里斯·韦尔努。”

“又要见吗，警长先生？可您想在这个可怜家伙身上得到什么呢？”

“您为什么说他是‘可怜家伙’？”

“他很腼腆，一直不停理头发，他讨好，努力想讨您欢心，而当他坐在走廊里等待、不知道您又要问他什么的时候，那副样子真是手足无措到好像对他是种折磨。所以我才说他是‘可怜家伙’。”

“您没注意到其他事吗，丹格拉尔？”

丹格拉尔摇摇头。

“我没跟您讲过那条流口水的大狗的故事吗？”阿当斯贝格问他。

“没有。我只能说没讲过。”

“那么之后，您该认为我是世上最脏的警察了。这需要您坐上一会儿，我讲得很慢，我真是不太会概括，同样还经常跑题。我是一个迷迷糊糊的人，丹格拉尔。我很早从村子里出发，为了去山里过一整天，那时我十一岁。我不喜欢狗，我小时候也不喜欢它们。这一只流口水的胖狗在小路中央看着我。它把口水流在我脚上，它把口水流在我手上，这是一只又傻又乖的胖狗。我对它说：‘听着，胖狗，我要走很远，我要试图把我走丢，然后再把我给找回来，你可以跟我一起来，但你不许再往我身上流口水，我讨厌这样。’胖狗听懂了，它就跟我走了。”

阿当斯贝格停下来，点燃一支香烟，并从兜里掏出一张小纸片。他翘起一条腿，把纸铺在腿上，开始涂抹一幅图画，他看了他的同事一眼后，继续说道。

“对我来说，要讲这个有关胖狗的故事，丹格拉尔，就等于带给您烦恼。胖狗和我，我们讨论了整整一路，我们谈小熊星座和小牛肉上的骨头，之后我们在一个废弃羊圈旁停了下来。那里有另一个村子的六个小孩。我和他们很熟。我们经常在一起打架。他们说：‘这是你的狗吗？’‘今天是’，我回答。最小的那个孩子抓住胖狗的长毛，那只胖狗胆小和温顺得就像一条地毯，他把它一直拽到悬崖边上。‘我不喜欢你的狗，’他说，‘你这只狗是个傻冒。’胖狗呻吟着，没有反抗，它的确是个傻冒。小孩在它屁股上踢了一脚，那条狗就落入了虚空。我慢慢地把我的书包放在地上。我做一切事都是慢慢地。我是一个很慢的人，丹格拉尔。”

“没错，”丹格拉尔很想这么说，“我早发现了。”一个迷糊的人，慢的人。但是他不能说出来，阿当斯贝格是他的新上级。而且他还尊敬他。丹格拉尔像所有人一样听说过一些有关阿当斯贝格侦破案件的传闻，他也和所有人一样欢迎这位破案天才，今天所展示在他眼前的，和这男人刚刚来到这里时他在他身上所发现的东西完全不可兼容。现在他看到了，他惊讶，但不只是因为这种动作上的缓慢和这些话语。他起初看到这副瘦小而结实的身躯时，是有些失望的，但并没留下很深印象，即便这大人物有种普遍的漫不经心，也从来不能在约定的时间出现在他们面前，领带永远扎在一条歪歪扭扭的衬衫上面，裤子里还不知塞满了什么东西。接着，魅力像水平面一样地抬升。这是从阿当斯贝格的嗓音开始的。丹格拉尔喜欢听他的嗓音，这让他平静，让他几乎睡着了。“那就像是一种爱抚”，弗萝朗丝这样说，好吧，弗萝朗丝是个姑娘，她对她所选的词独自负责。卡斯特罗大声说：“你可不要说他还很帅吧。”弗萝朗丝露出不知所措的神情。“等一下，我得好好想想，”她这么回答。弗萝朗丝总说这句话。这是个一丝不苟的姑娘，她开口之前总要好好想很多。她不能确定地结结巴巴地说：“不，但这其中看来有些恩赐一般的东西，或是诸如此类的东西，我会再好好想想。”因为一些同事都笑起来，结果弗萝朗丝就露出特别认真的神情，丹格拉尔于是说：“弗萝朗丝说得对，显然是这样。”马尔热隆，一个年轻的警员，就此抓住这个场合说他是同性恋。马尔热隆从来不会说出什么有智慧的东西。而丹格拉尔则需要智慧，就像他需要喝酒一样。他耸了耸肩，一时间心想他竟有些遗憾马尔热隆说得不对，因为他和女人在一起时经历了不少挫折，他想男人或许就不会那么斤斤计较；他听说男人都是些混蛋，一旦和一个女人睡了，他们就会对她品头论足，但女人还更糟糕，她们拒绝和您睡在一起，只是因为她们并未十分满意。像这个样子，就不仅仅是有人评价和衡量的问题，到头来谁也不会和谁睡在一起。

真悲伤。

姑娘们真是太苛刻了。而丹格拉尔就认识一些姑娘，她们在衡量完他之后都不想要他。有几次真的叫他悲愤欲哭。无论如何，他知道严肃的弗萝朗丝对于阿当斯贝格所点明的那几条都是在理的，而丹格拉尔就任由自己在这里被这个男人的魅力给抓走，尽管他比对方还要高出两个头。他开始有些理解那种抓住一个人就想对他滔滔不绝讲述某事的欲望，这能够解释为何有那么多凶手都要事无巨细地向他描述他们的残杀过程，就像这样，人们会说这叫一不留神。就像这样，为了和阿当斯贝格讲话。

丹格拉尔在画画方面很有一手，就像大家对他所说的那样，他把他的同事们都画了肖像漫画。这就需要他对人的面孔稍有研究。比如卡斯特罗的脸他就从不会失手。但在动笔之前，他就觉得他无法把握住阿当斯贝格的面孔，因为那好像是六十多张面孔相互碰撞在一起才组合出来的。因为鼻子太高，因为嘴撅着，富于变化，或许还很性感，因为一双眼睛朦胧而低垂，因为轻巧的颌骨太分明，这就像是献给漫画者的一份礼物，整张风格混杂的脸，一种东拼西凑，无视整体的和谐。人们不妨设想，上帝在制作让一巴蒂斯特·阿当斯贝格时，发现第一手材料全部用光了，上帝使劲搜刮着箱底，把一些从不会使用的小块粘在一起，而假如那天上帝备足了好材料的话他是绝不会这么做的。可这样一来，他就变得很像上帝，洞察问题，不懂交流，几乎一点儿也不懂，他一下就获得了这神来一笔，成功得到了这张可以用无法解释的方式吸引人心的面孔。丹格拉尔回想他从未见过这样的脑袋，他觉得用羽毛笔简略地三两笔便勾画出他的形象会是一种背叛，他匆匆的线条并不会提取出那种独特，而反而会使他光彩尽失。

这个时候，丹格拉尔正在想着，上帝在他的箱底究竟藏了些什么好东西。

“您到底是在听我讲话，还是已经睡着了?”阿当斯贝格问。“因为我注意到有时我真的能把人给讲睡着。或许是因为我说话声不够大，或许是因为不够快，我也不知道。您记起来了吗？我讲到那只狗掉落悬崖了。我解下系在我腰带上的铁水壶，使劲打在那个小孩的头上。”

“然后我出发去找这只傻胖狗。我花了三小时才到达它那里。它无论如何都是死了。这个故事中的重要东西，丹格拉尔，是那个小孩身上明显的残忍。我很久以来就知道他身上有什么东西不对，原来就是这个，残忍。”

“我向您保证他长着一张普通的脸，他并没长着紧绷的鼻翼。相反，这是一个漂亮的男孩，但他散发着残忍。别问我其他的，除此以外我什么都不知道，我只知道八年后，他用一只钟砸死了一位老祖母。大多数预谋杀人，除去悲痛，除去耻辱，除去神经质，除去您能想到的任何东西，都还需要残忍，需要从他人的痛苦、乞求和垂死中获得一种愉悦，毁灭他人的愉悦。这是真的，这不是总能从某人的身上立刻看出，但人们至少能感到在这个人身上有什么东西不对，它滋生出某些过了分的东西，一个毒瘤。而这时常就是残忍，您明白我想说的吗？一个毒瘤。”

“这有违我的原则，”丹格拉尔有些坚决地说。“我并不痴迷于原则，但我不相信这里或那里有一些生命是打了标记的，就像耳朵上打着标签的奶牛那样，而就是像这样，凭借直觉，我们确定凶手。我知道我说的都是些毫无新意和无可奈何的东西，但我们是根据形迹决定方向，是根据证据进行定罪。根据毒瘤带来感觉，这种说法令我惊恐，这是主观专制和裁判错误的道路。”

“您还发表演讲了啊，丹格拉尔。我没说这是从脸上看出来的，我说会有某种畸形的东西从生命深处化脓出来。这是一种化脓，丹格拉尔，我看着它渗出过好几次。我曾见过它在一个年轻姑娘的嘴边游走，就如同我看到一只蟑螂在这张桌子上跑一样。当一个人身上有什么东西不对时，我不自觉就能看出来。那或许是出于对犯罪的一种敏感，但也可能是别的东西，不那么严重的东西。有些人只向外分泌他们的烦恼，或是他们爱情的忧愁，这也是能被认出来的，丹格拉尔，能显示出是这一种还是那一种。但当它是那一种东西时，您知道，假如是犯罪的那种东西，那我也同样相信我能知道。”

丹格拉尔抬起头，他的身体比平时少了一些柔和。

“您不由自主相信能在人身上看到一些东西，相信看到蟑螂爬在嘴唇上，相信您的印象是某种秘密的揭露，因为这都是您的想法，您还相信生命化脓，而这是错的。事实本身也同样的无可奈何和毫无新意，那就是所有男人都像他们长有毛发一样会怀恨在心，他们全都可能因错失一级台阶而去杀人。我很肯定这一点。所有男人都可能强奸和杀人，而所有女人都有可能切断别人的腿，就像上个月在盖－吕萨克街的那个女人那样。这只取决于人们经历过什么，这只取决于人们是否有一种意愿，要陷入灰泥之中，并把他人也牵扯进去。没有必要生来就化脓，因为觉得恶心，就要把整片土地刨个底朝天。”

“我和您说了，丹格拉尔，”阿当斯贝格皱着眉，停下手中的图画说，“听完胖狗的故事后，您该觉得我讨厌了。”

“应该说是危险，”丹格拉尔低声抱怨着说。“不该自信那么强。”

“看到蟑螂爬动一点儿也不强。我对您所讲的这些，我本身也无能为力。对我的人生来说，这甚至是一场大灾难。我对他人的推断就从来没有出过一次错，我会知道他们是不是起身，躺下，悲伤，聪明，不可靠，心碎，冷漠，危险，害羞，所有这一切，您明白吗，从来没有出过一次错！您能想象这有多难以忍受吗？我乞求过很多次，希望当我从开头就隐约预见到结局时，有人能让我惊讶。该说在我的人生中，我知道的只有开头，总是充满希望。而很快，结局就会自己浮现在我眼前，就像在一部苦闷的电影中，您已经猜到了谁会爱上谁，而谁又会发生意外。而您还是得看看这部电影，可是已经太晚了啊，您把自己给烦死了。”

“让我们承认您是个直觉很灵的人，”丹格拉尔说。“身为警察的嗅觉，这是我能和您达成的唯一共识。但即便如此，我们还是无权任意应用它，这样太危险，太可恶了。不，即便二十岁以后，我们也永远不了解他人。”

阿当斯贝格用一只手掌托着下巴。他香烟的火星照亮了他的眼睛。

“帮我去除这些了解吧，丹格拉尔。帮我摆脱它，这正是我所期待的全部。”

“人类不是些小动物，”丹格拉尔继续说。

“不是。我爱人类，我不太在意那些小动物，不太关注它们想什么，要什么。但小动物们也会想要些东西的吧，没理由不要啊。”

“这倒是真的，”丹格拉尔承认道。

“您曾犯过一个裁判错误吗，丹格拉尔？”

“您读过我的档案了吧？”丹格拉尔说着看向一边抽烟一边画画的阿当斯贝格的侧脸。

“如果我说没有的话，您该责备我假装魔术师了吧。但我没读。发生过什么事？”

“是一个年轻姑娘。她工作的那家珠宝店被破门抢劫了。我完全相信并全力证明她是共犯。因为那真的是显而易见的。她的举止，她的遮掩，她的狡诈，毕竟，这是我身为警察的嗅觉，不是吗？她被判了三年，在牢里关了两个月后就自杀了，死状相当吓人。但她跟这件抢劫案没有一点儿关系，没过几天就真相大白了。所以我现在，对于狗屎的直觉，还有您那些爬在年轻姑娘嘴边上狗屎的蟑螂，都到此为止。从那天起，我就用不确定和公然的平庸交换了那些钻牛角尖和深刻的坚信。”

丹格拉尔站起身来。

“等一下，”阿当斯贝格说。“那个继子，韦尔努，您别忘了传唤他来。”

阿当斯贝格停顿了一下。他有些为难。在这样一番对话之后，他的决定下得有些不合时宜了。他用一种更低的音调继续说。

“然后，拘留他。”

“您不是认真的吧，警长？”丹格拉尔说。

阿当斯贝格用牙咬着他的下嘴唇。

“他的女朋友在保护他。我敢肯定，发生谋杀的那晚，他们没有一起待在餐馆。即便他们两人的说法相符。您再去逐个询问他们一遍：上第一道菜和上第二道菜之间隔多长时间？有没有一个吉他手来大厅里弹过什么曲子？葡萄酒瓶放在桌子什么位置，右边还是左边？是哪种葡萄酒？酒杯是什么样子？桌布是什么颜色？像这样一直问下去，直到他们说不出细节为止。您等着瞧，他们会自相矛盾的。然后，您去排查这个小伙子的鞋子清单。您去向他母亲为他雇的清扫工打听一下。他应该少了一双鞋，就是谋杀那晚他所穿的鞋，因为仓库周围的地面十分泥泞，旁边正好是一个公共工程工地，这会粘上一种胶质黏土，比如油灰。这个年轻人不是傻瓜，他一定处理掉了它们。必须在他住所附近的下水道里好好找一找，他可能穿着袜子走完了从下水道口直至家门的最后几米。”

“如果我理解没错的话，”丹格拉尔说，“在您看，这可怜家伙化脓了是吗？”

“我恐怕是的，”阿当斯贝格低声说。

“他化出的是什么脓？”

“是残忍。”

“您觉得这是显而易见的吗？”

“是的，丹格拉尔。”

但这几个字几乎低到听不见了。

* * *

警探走后，阿当斯贝格拿起人们为他准备的一叠报纸。他在其中的三份报纸上找到了他要找的东西。那个现象还未在媒体形成较大规模，但他确信最终会的。他把摊在面前的一则小专栏马马虎虎地剪下来。对他来说，阅读总是需要他倾注很多注意力才行，假如他不得不把它们高声朗读出来，情况还会更糟。阿当斯贝格曾是一个坏学生，他总是不能很好地理解课堂上教授的主题，但他却尽力做出一副好像在乖乖用功的样子，以免让父母伤心，而特别是，让他们永远也发现不了他其实对此全无所谓。他读道：

“这是一个蹩脚哲学家的玩笑或怪癖吗？不管怎样，蓝色粉笔画成的圆圈继续在午夜首都的人行道上、像野草一样地生长出来，并开始刺激起智慧的巴黎人强烈的好奇心。它们的进度在加快。自从四个月前第一批圆圈在12区被发现以来，现如今它们的数量已经增长到六十三个。这件披着寻宝游戏外衣的新消遣，为咖啡馆中那些无事可聊的人们提供了一个新颖的对话主题。而因为它数量众多，这就造成到处都能听到人们在谈论它……”

阿当斯贝格暂停阅读，直接瞥向文章的署名。原来是这个笨蛋，他小声嘀咕着，不该有所期待。

“……事态很快发展成，如果有谁在早晨出门去上班时在自家门口发现了一个圆圈，便成为一种荣誉。无论是犬儒主义的玩世不恭者抑或真正的疯汉，只要蓝圈作者追求的是荣誉，那么他可算达到了目的。当这位人士向我们展示出，他只需一个粉笔头和夜间的几个圆圈就能变身成1990年度巴黎的最出名人物时，那些竭尽一生只为混出点儿名头的人可就只配惹人讨厌了。假如人们能够抓到他的话，毫无疑问电视台会邀请他去‘第二个千禧年末的文化现象'节目中亮相。只可惜，这是一个真正的幽灵。还没有人撞见过他在柏油路面上勾画他巨大蓝圈的现场。他不是每天夜里都画，也不对巴黎的街区进行选择。让我们相信不少夜猫子已经出于单纯的乐趣在围堵他了。祝他们狩猎愉快。"

外省的一份报纸上刊登了一篇更加细致的文章。

"一名无害的怪癖者对巴黎出手。

"所有人都以此为乐，但事实真的很古怪。四个多月以来，一直有人，据猜测应该是一名男性，于巴黎夜间用蓝色粉笔在人行道上围绕某件废弃物勾画出直径近乎两米的巨大圆圈。这一离奇顽念的唯一'受害者'是此人用他的圆圈围住的一些物品，永远是单独的一件样品。他已经完成的六十多个案例使我们得以列出一份独特的名单，它们包括十二个啤酒瓶盖，一个装菜箱，四个回形针，两只鞋，一本杂志，一个皮包，四只打火机，一块手帕，一只鸽子爪，一块眼镜镜片，五个记事本，一条牛肋骨，一根圆珠笔芯，一只耳环，一坨狗屎，一片车灯碎片，一节电池，一个可口可乐罐，一条铁丝，一团毛线，一串钥匙链，一只橙子，一管马拉硫磷农药，一盘呕吐物，一顶帽子，一些车载烟灰缸里的内容物，两本书（《现实玄学》和《无师自通学厨艺》），一块车牌，一只破鸡蛋，一枚写着'我爱猫王'的徽章，一把镊子，一个洋娃娃的头，一根树杈，一件内衣背心，一卷胶卷，一盒香草酸奶，一根蜡烛和一顶泳帽。尽管这是些乏味的罗列，但对于正在找寻它们的人来说，留在城市人行道上的这些物品却像是出乎意料现身的宝藏。因为精神科医生勒内·韦科尔一洛里立刻对此案例产生了兴趣，并试图为它带去自己的阐述，这些现在被人们称为‘刮目相看的物品’以及画圈人本身已成为整个首都的一起社会事件，它使人们忘记了那些‘涂鸦者’，假如他们看到自己的涂鸦遭遇了如此强悍的对手，必定黯然神伤。每个人都在寻找，却没有找到那个激发此人画下蓝圈的驱动力。因为最令人惊讶的，就是在每一个圆圈外围，这只手都留下了一段漂亮的斜体字迹，看起来这是个很有文化的男人，这是一个把所有心理学家都投入问题深渊的句子：‘维克托，走背运，你在外面干什么？’”

一张拍得很烂的照片配在了文本旁边。

最后的第三篇文章细节较少，而且篇幅很短，但它提到了前夜在科兰古街的最新发现：巨大的蓝圈中有一只死老鼠，并且像往常一样，有人在圈外写下“维克托，走背运，你在外面干什么？”

阿当斯贝格做了个鬼脸。这正是他所预感到的。

他把文章塞到灯座底下，发现自己饿了，但却不知道是几点。他出门去，沿着几乎不熟悉的街道走了很久，买了一个带有随便什么夹馅的面包，一个什么饮料，还有一些香烟，然后慢慢返回警局。他感觉每走一步都在把裤子口袋里的一封信揉得更皱，这封来自克里斯蒂亚娜的信是他在今天早上收到的。她把它写在一张加厚且华丽的纸上，揣在兜里可真难受。阿当斯贝格不喜欢这张纸。

他应该把他的新地址告诉她。因为既然她在奥尔良工作，那她经常过来便不算什么难事。但她在信中透露，她想在巴黎找一份工作。都是因为他。他摇摇头。他还是晚些再考虑这件事吧。自从他认识她以来，大约有八个月了吧，始终是这样子，他决定晚些再思考。作为姑娘她真的不傻，甚至还挺机灵，但在某些固有想法的拐弯处，多少还在预料之中。这当然有些遗憾，但也不算什么大事，因为这只是个小缺陷，而他不能幻想不可能的东西。而不可能，光彩，无法预料，温柔的肌肤，在严重性和无意义之间的永无止境的运动，他已经领教过一次，那是在八年前，在卡米叶和她那只傻狨猴理查三世的身上领教过，当时她带它在街上撒尿，并对来来往往指责她的行人说："理查三世，它必须在外面撒尿。"

通常，那只小猴子身上闻起来有一股橙子的味道，人们也不知道为什么，因为它从来不吃橙子，它坐在他们身上，做出一副好像在他们胳膊上找寻虱子的样子，模样聚精会神，动作专注精准。卡米叶，他，还有在手腕处搔抓看不见的战利品的理查三世。但他的小可爱，她逃走了。而他作为警察，在寻找她的所有时间里，却没能力把她给找出来，整整一年，漫长的整整一年，然后他妹妹对他说，"你没有权利，放过她吧。"小可爱，阿当斯贝格重复着。"你想再见到她吗？"他妹妹这么问他。在他的五个姐妹中，只有最小的妹妹敢提起小可爱。他微笑着说："我用全部灵魂回答，是的，哪怕在死去之前的一个小时，也是的。"

阿德里安·丹格拉尔在办公室里等着他，他手上端着一塑料杯白葡萄酒，脸上的表情颇为复杂。

"韦尔努那小子少了一双靴子，警长。是带有扣环的短统靴。"

阿当斯贝格什么也没说。他尽力去尊重丹格拉尔的不满情绪。

"今天早上，我不是想向您示警，"他对他说，"即便韦尔努那小子杀了人，我也无意从中得到什么。您去找那双靴子了吗？"

丹格拉尔把一个塑料袋放到桌子上。

"就是这个了，"他叹了口气。"实验室已经开始检测，但其实肉眼就能看得很清楚了，鞋底黏着的正是工地的黏土，粘得很牢，下水道的水也没能把它冲掉。这双鞋很漂亮。可惜了。”

“是在下水道里找到的吗?”

“是的，在距离他家最近的下水道口下游二十五米处找到的。”

“您的动作很快，丹格拉尔。”

两个男人之间出现了一阵沉默。阿当斯贝格咬着嘴唇。他又叼起一根香烟，从衣兜深处掏出一个铅笔头，把一张小纸片铺在膝头上。他心想：“这家伙想和我说些话，他很受挫，很震惊，我真不该和他讲那个流口水的胖狗的故事，不该和他说帕特里斯·韦尔努就像那个山里的小男孩一样，化脓出了残忍。”

但事与愿违。阿当斯贝格盯着他的同事。丹格拉尔软绵绵的长条身子坐在椅子上，样子好像一只正在融化的酒瓶，看上去十分平和。他把他的一双大手插在他漂亮的西服口袋里，他把杯子放在地上，目光盯进虚空，而即便如此，阿当斯贝格还是觉得他见鬼地睿智极了。丹格拉尔说：

“我恭喜您了，警长。”

然后他站起身来，动作一气呵成，先把上身向前探出，接着抬起屁股，最后终于重新站直。

“我必须向您说明，”他补充道，身子已然转过了一半，“下午四点以后，我就有点儿不顶事，这您是知道的。如果您有什么事要吩咐我的话，就早上做吧。至于追踪、射击、围捕犯人和其他的小事，就没必要找我了，我手又抖，膝盖也不听使唤。但除此之外，人们还是可以驱使我的腿和脑袋的。我自认为我的脑子运转得还不算太差，尽管我觉得它和您的方式有很大不同。一个同事有天曾向我委婉表达过，假如说我今日还是个警探，就照我这个样子喝白葡萄酒的话，那全都多亏我的几个上级对我睁一只眼闭一只眼，因为我实现了连生两对双胞胎的壮举，如果您算得好的话就会知道这是四个孩子，自从我妻子和她研究复活岛石像的情人跑了以后，我就独自抚养他们。当我仍处于新生状态时，就是说当我二十五岁时，我想写一本《墓畔回忆录》，或者什么都不写。如果我对您说事情转向了其他方向，应该也不会让您太吃惊。好吧。我会为您继续跟进这双靴子，我会去找帕特里斯·韦尔努和他的女友，他们正在那边等着我呢。”

“我很喜欢您，丹格拉尔，”阿当斯贝格一边涂涂画画一边说。

“我觉得我知道，”丹格拉尔说着重新拿起他的杯子。

“通知摄影师明天早上留出时间陪您一起出去。我要今夜可能会在巴黎出现的蓝粉笔所画圆圈的报告和详细照片。”

“圆圈？您是想说围绕啤酒瓶盖的那件事吗？‘维克托，走背运，你在外面干什么？’的那个？”

“我想说的正是这个，丹格拉尔。正是这个。”

“但那个很傻……我们为什么要……”

阿当斯贝格急躁地摇摇头。

“我知道，丹格拉尔，我知道。但您就照做吧。我求您了。并且暂时先别和任何人提起此事。”

接着，阿当斯贝格画完了他正铺在膝头上的简笔画。他听到从隔壁办公室里传出一阵喧闹。是韦尔努的女友精神崩溃了。她在老批发商的谋杀案里什么都没做，这是显而易见的。她判断上的唯一失误，尽管这能够走偏太远，就是她相当爱韦尔努，或者是相当顺从，宁愿为他圆谎。对她来说，最糟的不是要上法庭，而是眼下这会儿，在她情人身上发现残忍的这一时刻。

他中午到底都吃了些什么，搞得他现在肚子这么痛？实在不可能回想起来了。他摘下电话机，准备和精神科医生勒内·韦科尔－洛里约一次会面。明天十一点钟吧，接电话的女秘书建议道。他报上姓名，让－巴蒂斯特·阿当斯贝格，这名号为他打开了许多道大门。他还没习惯成为这般名人。尽管这事时间已经不短了。但阿当斯贝格总觉得他跟他的公众形象没一点儿关系，那使他自己被一分为二。不过，早在童年，他就已开始常常感觉是两个人了，一边是让－巴蒂斯特，另一边是阿当斯贝格，阿当斯贝格看着让－巴蒂斯特所做的事，笑容满面地贴在他后面追着，而现在，他们又变成了三个人：让－巴蒂斯特，阿当斯贝格，以及公众人物让－巴蒂斯特·阿当斯贝格。神圣分裂的三位一体。他站起身来，到旁边那屋去喝一杯咖啡，那里有一台自动售货机，马尔热隆总是站在它前面。但现在这会儿，几乎所有人都站在那里，围住一个引起一片见鬼骚乱的女人，卡斯特罗正在耐心地对她说："您该走了，女士。"

* * *

阿当斯贝格一边接咖啡一边从旁观察：那女人用一种嘶哑的嗓音说话，她很激动，也很伤心。看来这帮警察刺激了她。她穿着一身黑。阿当斯贝格注意到她有一个埃及式的脑袋，或者说不知什么为那她棱角分明和暗色的脸上带来某种辉煌的东西，让人永远忘记不了，并时时回想起来，这有点儿像那个小可爱。

卡斯特罗此时正在对她说：

"这里不是情报局，女士，请客气一点儿，走吧，离开吧，现在就走。"

她已不再年轻，阿当斯贝格猜她在四十五到六十岁之间。她褐色的双手看上去很有力量，指甲很短。这是一双在别处过着她的人生的女人的手，它们始终在找寻什么东西。

“那警察到底能干些什么?”女人晃着她及肩的黑发说。“一点儿小努力，一点儿小建议，你们又死不了，不是吗？我会花费十年去找，你们却只愿付出一天。”

这一回，卡斯特罗失去了他的平静。

“您的破事，我压根管不着!”他叫着。“您的那个家伙，他没登记在失踪人口名单中吧，没有吧？好，那就给我滚蛋，我们不负责登小启事！您要是再大吵大闹的话，我就要叫主管来了!”

阿当斯贝格靠在尽头的墙上。

“我就是主管，”他一动不动地说。

玛蒂尔德转过身来。她看着这个目光低垂注视着自己、眼神中带有一种极少见的温柔的男子，他衬衣的一头塞在一条黑色长裤里，另一头则露在外面，她看到这张瘦削的面孔与那双仿佛盗自罗丹雕塑的手并不相衬，然后她意识到，生活从此将会变得更好。

阿当斯贝格稍稍离开墙壁，推开他办公室的门，示意她进去。

“的确，”玛蒂尔德一边坐下一边承认道，“您这里不是情报局。我这一天开始得很糟。昨天和前天也好不到哪儿去。这都怪傻缺一周的一个阶段。我希望您比我过了一个更好的阶段。”

“一个阶段?”

“在我看来，星期一——星期二——星期三，这是一周的一个阶段，阶段 1。发生在阶段 1 的事与发生在阶段 2 的事类型相当不同。”

“也就是星期四——星期五——星期六?”

“正是这样。假如我们仔细观察，我们通常会在阶段1看到更多郑重的惊讶，我说通常，而在阶段2我们则看到更多仓促和娱乐。这是节奏问题。从来不会有所改变，它有别于汽车在某些街道上的停放情况，这半个月人们有权把车停在那里，而下半个月人们就不再有权了，为什么这样？让街道休养生息？街道也要农闲？天知道。不论什么情况，在一周的阶段方面，从来不会有所改变。阶段1：人们产生兴趣，人们相信一些玩意，人们找到了一些东西。人类的悲剧和奇迹。阶段2：人们根本什么也找不到，人们得知了零，人生的嘲讽和如此种种。阶段2中有大量随便什么人和随便什么东西，而且人们喝酒挺多，于是阶段1就更重要些，这是显而易见的。事实上，一个阶段2是绝不会打偏的，或者说它带不来什么后果。但一个阶段1，当我们像本周这样草率行事的话，它就会冷不丁地来一下。这同样发生在咖啡馆中，就像菜单上的扁豆牛肩肉。扁豆牛肩肉实在让我郁闷。真绝望。而这就在阶段1的最末。不巧是这个傻缺的牛肩肉。”

“那星期日呢？”

“剩下的星期日就是阶段3了。只有它凭单独一天就可以算作整个阶段，就是说很严重。阶段3即是混乱。如果您把一个扁豆牛肩肉和一个阶段3合在一起的话，事实上就只有死路一条了。”

“我们原本在说什么？”阿当斯贝格突然醒过闷来问，他并未因这个女人比他还能跑题而感到不快。

“我们什么都没说。”

“对啊，没错，什么都没说。”

“想起来了，”玛蒂尔德说。“因为我的阶段1不是有点儿傻缺嘛，当我经过您这所警察局的时候，我就想，傻缺归傻缺，我总还是可以赌把运气的嘛。但您看到了，试图在末尾拯救阶段1尽管诱人，但这带不来任何好事。您呢，过得好吗？”

“还不错，”阿当斯贝格表示。

“而我上一周的阶段1，您会看到它棒极了。”

“发生了什么事？”

“我没办法像这个样子概括，我必须查看一下我的那些小本本。总之，明天就到阶段2了，我们总算可以多少放开些缰绳了。”

“我明天要去见个精神科医生。这对于一个阶段2来说会是个好开始吗？”

“见鬼，是您自己要看病吗？”玛蒂尔德说。“不，我真傻，怎么可能。我猜想即便您有对着左侧人行道所有路灯柱小便的怪癖，您也会对自己说，‘不管怎样，上帝会使路灯柱和左侧人行道持续下去的’，但您不会问自己为什么要去看精神科医生。然而可恶，我说得太多了。我受够这样了。我对自己都无奈了。”

玛蒂尔德叼起一根香烟说，“我能抽吗？”并且去掉了过滤嘴。

“或许您是为了蓝圈人而去看精神科医生的，”她补充道。“别这么看着我，您知道我根本没侦查过您：只不过那些剪报就在那儿呢，在您灯座下面，所以我自然会想……”

“确实，”阿当斯贝格承认道，“是为了他的事。您是为了什么事来警局的？”

“我在找一个我不认识的人。”

“那为什么找他呢？”

“因为我不认识他啊，这有什么问题！”

“当然了，”阿当斯贝格说。

“我当时正在街上跟踪一个女人，然后我把她跟丢了。于是我就去咖啡馆坐了一下，而我就是这样遇到那个漂亮的盲人的。能在人行道上与人们相遇真是不可思议。再也弄不清头绪在哪里，必须跟踪所有人好好研究一下。漂亮的盲人和我，我们聊了一会儿，聊的什么，我根本想不起来，必须看看我的小本，总归这男人，他让我喜欢。通常来说，当某人让我喜欢时，我不会太担心，我确信能够再次遇到他。然而，根本没有。上个月，我做了二十八次跟踪和九次蹲守。我写满了两个半小本。这时间都足够周游全国了，是不是？但什么都没有，连个盲人的影儿都没有。这是那种必须忍受的挫败。他叫夏尔·雷耶，而这就是我对他所知的一切。告诉我，您是无时无刻不在画画吗？”

“无时无刻。”

“我猜想人们是不能瞧的。”

“的确。人们不能瞧。”

“当您坐在椅子上转身时，这很有趣。您的左侧身影比较严厉，而右侧则比较温柔。这就使得，当您想要使一个嫌疑人不安时，您就转向这一侧，而当您想要使他感动时，您就转向另一侧。”

阿当斯贝格微笑起来。

“那假如我一直不停地一会儿转向这一侧，一会儿又转向另一侧呢？”

“那人们就再也不知道身在何处了。是在地狱还是天堂。”

玛蒂尔德爆发出一阵大笑。随即她又收住了口。

“不，”她又一次说，“我说得太多了。我真丢人。‘玛蒂尔德，你总是说错和说偏’，我的一位哲学家朋友跟我说。‘对，’我回答，‘但怎么才能说对和说准？’”

“或许赌一把就行？”阿当斯贝格说。“您工作吗？”

“您不会相信我的。我叫玛蒂尔德·弗雷斯蒂埃。”

阿当斯贝格把他的铅笔放回口袋里。

“玛蒂尔德·弗雷斯蒂埃，”他重复着。“这么说您是那位知名的海洋学者……是不是这样？”

“是这样，但这也不必碍着您画画啊。我同样知道您是谁，我在门上看到了您的名字，而您的大名可是家喻户晓的。而这不会碍着我又弄错又弄偏，尤其在眼下这个阶段1的末尾处。”

“如果我找到这个漂亮的盲人，我会告诉您的。”

“为什么？您想取悦谁？”玛蒂尔德怀疑地问。“是我，还是名字出现在报纸上的知名海洋学者？”

“哪个都不是。是我请她走进我办公室的这位女人。”

“这句对我很受用。”玛蒂尔德说。

她有那么一会儿没开口说话，好像她正在为下一个决定而犹豫。阿当斯贝格又掏出香烟和纸。不，他不会忘记这个女人，世界之美的尽头正处在后退点上。而他无法提前知道她会对他说什么。

“您知道，”玛蒂尔德突然继续说，“这些事都是在夜幕降临时发生的，在海洋里如同在城市中一样。所有那些饥饿和心怀恶意的人起身。还有那些像您一样，像让-巴蒂斯特·阿当斯贝格一样在寻找着的人们，也同样起身。”

“您认为我在寻找？”

“毫不怀疑，而且还同时在寻找很多样东西。就像这样，当蓝圈人饥饿时他便外出。他游荡，他窥伺，然后突然，他勾画。我，我了解他。我从一开始就在寻找他，而且我找到了他，打火机的那一晚，塑料娃娃脑袋的那一晚。还有昨晚，在科兰古街。”

“您是怎么成功做到的？”

“我会对您讲的，这不太重要，这是我的一些手段。而且这挺有意思，几乎可以说这个画圈人他任由我做些小事，好像他已经习惯了有人远远待着。如果您哪天晚上想看他，就来找我吧。但只能从远处看他，不能靠近他，也不能打扰他。我不是把我的秘密分享给那个知名警察，而是请我走进他办公室的这个男人。”

“这句对我很受用，”阿当斯贝格说。

“但为什么是蓝圈人？他没干什么严重的事。您为什么对他感兴趣？”

阿当斯贝格向玛蒂尔德抬起头。

“因为有一天，它会变大。圆圈里的那东西，它会一点点变大。您，您别问我是怎么知道的，我求您，因为我什么都不知道，但这是不可避免的。”

他摇摇头，分开跑到眼睛里去的头发。

“对，那东西，它会变大。”

阿当斯贝格放下交叉的腿，开始随随便便地整理起散落在他办公桌上的纸。

“我不能禁止您跟踪他，”他补充道。“但我不建议您这么做。保持警惕，多加注意。千万别忘记。”

他的表情很不自在，好像他自身的坚定令他心痛。玛蒂尔德微笑了一下，离开了他。

过了一会儿，阿当斯贝格走出门去，他扶着丹格拉尔的肩膀，对他低声说：

“从明天早上起，尽力去查清夜间是否出现了新圈。并仔细研究，我相信您。我对那个女人说了，要她保持警惕：那东西会变大，丹格拉尔。一个月以来，圆圈的数量越来越多。它在加速。这里面有些邪恶的东西，您没感觉到吗?”

丹格拉尔想了想。他犹豫地回答：

“或许只有些不卫生的东西……但这或许是个大型恶作剧吧……”

“不，丹格拉尔，不。圆圈中很快就会出现残忍。”

* * *

夏尔·雷耶也走出他的办公室。他受够了为盲人而做的工作，受够了那些该死盲书上的印痕与穿孔，受够了对他手指上皮肤说话的数十亿微型小洞。他尤其受够了试图绝望地表现得独特，以失去视力为借口，以想要变得特殊来忘记它为借口。瞧，就像上次和那个热情女人在一起时那样，就是那个和他在圣雅克咖啡馆攀谈起来的女人。那个女人很聪明，他还怀疑她或许有些精神失常，但她却有吸引力，有活力，这是显而易见的。而他，他都做了些什么?他试图表现得独特，就像往常那样。使用一些不平常的句子，说一些不常见的东西，都是为了达到一个目的，好让人觉得，瞧这家伙，他虽然是个盲人，但他可不普通。

而这对那女人奏效了。她试图玩好这个游戏，尽可能同样快地回应着他交替表现出的虚假信任和粗野言行。但她，她却是真诚的，她就那样讲了那个关于鲨鱼的故事，外露，感性，热心，想要看他的眼睛，好对他说明它们是什么样子的。可他呢，他唯一关心的只有他想要营造的了不起的效果，他击碎了内心的一切冲动，把自己变成了一个目光深远和玩世不恭的思想家。不，说真的，夏尔，他想，你堕落了。在所有这些耍弄心机中，你甚至不再有能力判断自己脑中所想的事还算不算正直。

而且这算怎么回事，在街上贴着别人行走好把他们吓坏，为了在他们身上行使这一可怜的能力，或是在等红灯时凑近他们，拄着你那白色的手杖向他们问道，“您需要我帮助您过马路吗？”以此来使他们难堪，当然，接下来就可以利用你那不可触碰的身份。那些可怜的人，他们什么也不敢说，他们留在那里，站在人行道边上，他们像石头一样不幸。你在复仇，这就是你所做的，夏尔。你不过是个藏在高大身躯里的小混蛋。而那个女人，玛蒂尔德女王，她就在那里，那么真实可靠，而且她甚至对我说我很漂亮。而我，尽管这使我感到有一点儿幸福，我甚至没有能力对她表明这一点，为了这个词而向她表示感谢。

夏尔凭借摸索停在了一条人行道的边上。在他身边的某个人能够看到人们为了改道水流而堵在排水沟里的那些布团，却不曾怀疑这情景有多美妙。坏母狮。他想要展开他的白色手杖，带着一脸坏笑地问上一句，“您需要我帮助您过马路吗？”他让自己回想起玛蒂尔德的嗓音，她毫无恶意地对他说道：“作为男人，您真让人受不了。”他转过身来。

* * *

丹格拉尔试图抵抗。但第二天一早，他就扑向了报纸，忽略掉政治、经济、社会和一大堆平时他很感兴趣的标题。

没有。没有任何关于画圈人的消息。这事件没有任何理由会吸引一名记者的日常注意力。

但他，他却关注了。

昨天晚上，他的女儿，第二对双胞胎中的第一个女孩，对她父亲所讲故事最感兴趣的那个，就是对他说“爸爸，别再喝酒了，你已经有一个这么大的屁股了”的那个女儿，她说：“你新上司的名字可好玩。如果翻译过来的话，他就叫亚当山的圣施洗者约翰。这是个好玩的安排。不过说到底，要是你喜欢他的话，那我也喜欢他。有一天你会把他介绍给我认识吗？”事实上，丹格拉尔对他的四个双胞胎爱得是那样深，他当真想把他们介绍给阿当斯贝格认识，并对他说：“他们都有天使一样的小脑袋。”不过他不敢肯定阿当斯贝格是否会对他的孩子感兴趣，“我的孩子我的孩子我的孩子，”丹格拉尔心想。我的奇迹。

他从办公室给各区的警局打去电话，询问有没有哪个巡逻的警员注意到一个新画的圈，因为既然所有人都对这个话题如此感兴趣的话。他的问题引来了惊讶，他解释说这是替他一个精神科医生朋友打听的，算是顺便帮他个小忙。啊，这样啊，警察们都理解了，人们总是一天到晚叫您帮他们些小忙。

而这一夜，巴黎出现了两个新圈。第一个画在绿磨坊街，是 14 区的一个警员在他巡逻的过程中兴奋地发现的。另一个位于同一个街区的弗鲁瓦德沃街，发现它的女人前来报案，因为她发现这事开始有些特别了。

丹格拉尔焦躁急切地爬上楼梯，走进摄影师孔蒂的家中。孔蒂已经准备好出发，他像个士兵一样，装好了手提箱和斜挎包。因为孔蒂很柔弱，所以丹格拉尔想这应该能安抚他，所有这些布满按钮和复杂机关的设备都使人肃然起敬，但实际上，他很清楚孔蒂不是一个多傻的家伙，甚至完全不是。他们先来到绿磨坊街：圆圈就在那里，又大又蓝，外围环绕着漂亮的字迹。在不算正中心的位置上，有一块腕表的碎片。为什么要为这么小的东西画出那么大个的圈？丹格拉尔心想。他不是此时才发觉这种失调比例的。

“别动！”他对踏进圈内想要好好看看的孔蒂喊道。

“什么？”孔蒂说，“人们总没有杀了这块腕表吧！你大可以叫法医来啊。”

孔蒂耸耸肩并迈出圈外。

“别犟了，”丹格拉尔说。“他说要对现场拍照，你要愿意的话就照做。”

然而不得不说，在孔蒂拍照的过程中，丹格拉尔则一直在想，阿当斯贝格真是把他置于了一个相当可笑的境地。如果辖区内有哪个警察不巧刚好路过这里，他大有理由说第5区可真是不务正业，竟然对着一只腕表大拍特拍。而丹格拉尔真心相信不但5区警局不务正业，而且自己还随之一起不务正业。此外，他甚至还没有完成帕特里斯·韦尔努的诉讼案卷，这才是他第一时间应该去做的事。他的同事卡斯特罗可要提问题了。

当丹格拉尔走在埃米尔－里夏尔街这条直通蒙帕纳斯墓地中心的阴森小路上时，他明白了为什么一个女人要前来报案了，而发现这一点几乎令他松了口气。

那东西变大了。

“你看到了吗？”他对孔蒂说。

在他们面前的蓝圈，围绕着一具被轧死的猫的尸体。没有一滴血在流，这只猫一定是从排水沟里捞起来的，已经死了好几个小时。现如今，这带着肮脏毛发出现在这条不祥街道上的皮囊，这个圆，还有这“维克托，走背运，你在外面干什么？”的字迹，就显得有些病态了。人们几乎可以说这是一个女巫的嘲讽哑剧。

“我干完了。”孔蒂说。

虽然挺傻，但丹格拉尔相信自己看出孔蒂有点儿刮目相看了。

“我也是，”丹格拉尔说，“我干完了。来吧，咱们走，没必要让辖区的那些家伙在这里遇上我们。”

“的确，”孔蒂说。“不知他们会是什么表情呢?”

阿当斯贝格冷静地听着丹格拉尔的报告，任由香烟在他嘴唇间冒烟，他双眼半闭，以确保自己不会被烧到。他做的唯一动作就是用牙齿咬着一片指甲。由于丹格拉尔已经开始对此人有些大体的了解，他明白阿当斯贝格是在把埃米尔－里夏尔街的这一发现记入他的恰当价值中。

但那是怎样的价值？丹格拉尔在这方面还没有了解。阿当斯贝格思想的运作方式在他看来仍是神秘和厉害的。有时，但往往也就只持续一秒钟，他会对自己说，“别理他。”

但他知道，当人们开始在警局议论这位上司浪费自己和手下警探的时间去调查画圈人时，他必须维护他。并且他努力为此做好准备。

“昨天的是老鼠，”丹格拉尔自言自语一般说道，心中希望他未来的对话能够直接面对他的同事，“而这一夜是猫。这有些恶劣。但同时还有一只腕表。孔蒂说得对，那腕表，它并没死。”

“但不对，它死了，”阿当斯贝格说。“它当然死了！明天早上还会重复同样的事，丹格拉尔。我要去见韦科尔－洛里，就是那位提起此事的精神科医生。我很想知道他的观点。但请避免直接谈论这些。人们越晚来嘲笑我，事情就会越顺利。”

出门之前，阿当斯贝格动笔给玛蒂尔德·弗雷斯蒂埃写信。今天早上，他没花一个小时就为她找到了她的夏尔·雷耶，他打电话给巴黎雇用盲人的主要机构，调音师、出版社、音乐戏剧学院。雷耶已经来到这座城市好几个月，他住在先贤祠附近伟人旅馆的一个房间里。阿当斯贝格把这些信息全都寄给玛蒂尔德，之后他就把它们都忘了。

* * *

勒内·韦科尔－洛里并没有多神奇，这就是阿当斯贝格接下来马上要说的。他会失望是因为他往往期望过多，而随之而来的跌落总令他非常痛苦。

不，甚至根本没一点儿神奇可言。而此后事情还进一步恶化。他经常用这样的话来打断自己：“您理解我所说的了吗？您深刻理解我所说的了吗？”或者是像这样的断言：“您将会同意我所说的，苏格拉底式的自杀只是一个模型”，而根本就不等阿当斯贝格回答，鉴于那只会用来美化。韦科尔－洛里花费了好一段时间，以及大量难以想象的句子来用于美化。这个胖胖的医生向后靠在他的扶手椅中，两手扣在他的皮带上，看上去在紧张地思考，然后，他全身向前一倾，说出了这样一句话：“警长，这位顾客可不普通啊……”

除此之外，当然了，这家伙一点儿也不傻，这点是明确的。最初一刻钟的谈话过去后，竟然好多了，始终不神奇，但好多了。

“这位顾客，”韦科尔－洛里开腔道，“他不属于‘正常’的怪癖者范畴，假如您想知道我的临床意见的话。就定义来说，怪癖者就是怪癖者，这一点绝对不能忘记，您理解我所说的了吗？”

韦科尔－洛里并没对自己的惯用语不满。他继续说道：

“而因为他们是怪癖者，怪癖者是精细准确、吹毛求疵、注重仪式的。您深刻理解我所说的了吗？那么好，我们在咱们这位顾客的身上都发现了什么呢？对物体的选择上没有任何仪式，对街区的选择上没有任何仪式，对时间的选择上没有任何仪式，甚至对每夜所画圆圈的数量选择上也没有任何仪式……啊！您发觉这种巨大的缺陷了吗？他行为中的所有这些参数，物体、地点、时刻、数量都是变化的，好像它的确定有一点儿取决于这个，又有一点儿取决于那个。然而，阿当斯贝格警长，在一个怪癖者身上，没有任何东西是取决于这个或那个的。您是否深刻理解我所说的了呢？这就是身为一个怪癖者的特征。怪癖者更多是让这个或那个屈从于他的主观意愿，而非任凭自己被它们所左右。任何偶然性都没有足够的力量来挑战他的怪癖那永不变化的展开。我不知道您理解我所说的了吗？”

“所以这个怪癖者并不普通？我们甚至可以说他不是一个怪癖者？”

“的确，警长，我们几乎可以这样说。而这立刻就开启了一整串问题：如果说他并非一位病理学意义上的怪癖者的话，那么这些圆圈就严格遵循了作者所设想的一个目的，我们的顾客用一种真正的方式对这些物品感兴趣，他如此煞费苦心，就像在为我们做一番展示。您深刻理解我所说的了吗？比如为了对我们说：人类生命从不对那些被他们丢弃的物品多加思考。一旦物品结束了它们的有效期、它们的功能，我们的眼睛就对作为材料的它们不再感知。比如我向您指着一条人行道，然后对您说：地上有些什么？而您回答我说：什么也没有。然而实际上（他推敲着用词），那里有一大堆事物。您深刻理解我所说的了吗？这个男人似乎提出了一个相当尖锐的问题，该说是玄学的、哲学的，说诗意的也不为过，它探讨人类选择开始或结束事物现实性的方式，探讨他们对其的评判，所以在他眼中，事物的存在或许比我们所看到的要长。如果要我描述我对这男人的全部兴趣，我会说：注意了，不要嘲笑这样的怪癖，画圈人很可能有一个清晰的头脑，只是他除了这样表达外，不懂得用其他的方式来说明，当然了，这恰恰是一种精神错乱的证据，但同时又非常有序，您深刻理解我所说的了吗？从各方面来说，他都是一个强而有力的人，请相信这一点。”

“但这个系列出错了：老鼠、猫，这些都不是物品。”

“我对您说过了，这里面第一眼看上去好像缺乏什么逻辑，而假如这是一种真正的怪癖，那我们就一定会在其中找到逻辑。正是这一点让我们迷失方向。但根据我们顾客所展示出的观点，死亡能把生物转变成物品，而的确是这样，这是从无生命的身体不再被赋予情感的那一刻开始的。从不再堵住瓶子的那一刻开始，瓶盖就变得什么也不是了，而当一位朋友的身体不再活动时……他又变成了什么呢？就是这样一类的问题啮噬着我们这位当事人的精神……我们不妨给它起个名字：死亡。”

韦科尔-洛里向后陷入扶手椅中，标志着暂停片刻。他直视阿当斯贝格的眼睛，像是在说，现在，准备好您的耳朵，我就要宣布某种惊世骇俗的东西了。阿当斯贝格则认为他讲不出任何此类东西来。

“从您警方的观点出发，您很想知道这里面是否有危及人类生活的存在，对吗，警长？我会对您这么说：这种现象会保持稳定，并自行消耗，但另一方面，我看不到任何理由，对于这种性质的男人，也就是已被疯狂所主宰的他，假如您深刻理解了我所说的话，他被折磨到不得不展示他的思想，理论上，这样的人是不会半路停止的。我说得很清楚：理论上。”

阿当斯贝格一边用一种模糊的方式思考，一边步行返回他的办公室。他永远无法深入思考。当他看到人们把头埋在手中并说“好，让我们思考吧”，他永远都理解不了那里面发生了什么。他们的大脑究竟策划出了什么，他们怎么做到组织出那样精细的观点，归纳、演绎和得出结论的，这对他来说是个完完全全的谜。他发现这行为的确能产生一些不可否认的结果，因为过了一会儿之后人们就真的做出了选择，而他一边羡慕一边希望自己也可以这样。但当他照做的时候，当他坐下来并对自己说“让我们思考吧”的时候，他的脑袋里什么也没发生。甚至只是在这种时刻他才懂得了虚无。阿当斯贝格从来都没有意识到他在思考，而一旦他有所意识，一切便就此打住了。他所有的想法、所有的意图、所有的决定，他从来都不知道它们是从何而来。

对于韦科尔－洛里所说的，他似乎并未感到惊奇，他自始至终都知道画圈人不是一个常规的怪癖者。知道是某种残忍的灵感在滋养这一疯狂，知道这一系列物品只是为了指向一个唯一的结果，一个唯一的辉煌顶峰：一个人的死亡。玛蒂尔德·弗雷斯蒂埃会说，既然他正处于阶段 2，那么，什么基本东西也没发现就纯属正常，不过他却认为，这更多是因为韦科尔－洛里虽然是个不错的家伙，但实在算不上神奇。

*　*　*

第二天早晨，人们在 3 区的屈南一格里代纳街发现了巨大的圆圈。它的中心只有一个卷发夹子。

孔蒂给这个卷发夹子拍了照。

接下来的夜晚，一个圆圈出现在拉克雷泰勒街，另有一个出现在 17 区的德拉孔达米纳街，它们一个中间围着一只用旧了的女士包，另一个中间是一根棉签。

孔蒂先给旧手包拍了照，然后又拍了棉签，他虽然未加评论，但显然很恼火。丹格拉尔保持着沉默。

接下来的三个夜晚，那些圈又分别涉及了一枚一法郎的硬币、一个叙尔热克托尔牌灯泡、一把螺丝刀，以及，接下来这个有一点儿触动了丹格拉尔的道德底线，假如可以这么说的话，那是一只死鸽子，其一侧的翅膀被扯了下来，出现在若弗鲁瓦·圣伊莱尔街上。

阿当斯贝格的镇定和微笑让警探感到窘迫。他继续剪下报纸中涉及蓝圈人的文章，并将它们一股脑儿地塞进他的抽屉里，连同孔蒂陆续为他冲洗的那些照片也混放在一起。现在，这件事全警局的人都知道了，丹格拉尔有些担心。但帕特里斯·韦尔努的全盘招认刚刚使阿当斯贝格变得不可动摇，而这赢得了一点儿时间。

“这件事还会持续多久，警长？”丹格拉尔问他。

“什么事？”

“当然是这些圆圈的事啊，见鬼！我们不能用人生的每天早上都面对着一些卷发夹子冥思苦想吧，可恶！”

“啊，是那些圆圈啊！是的，这可能会持续很久，丹格拉尔。甚至非常久。可又有什么办法？是去做这件事还是其他的事，又有多大关系？那些卷发夹子很有趣啊。”

“那我们停手？”

阿当斯贝格突然重新抬起了头。

“这不行，丹格拉尔，这不行。”

“您是认真的吗？”

“能有多认真就有多认真。它会变大，丹格拉尔，我跟您说过了。”

丹格拉尔耸耸肩。

“我们会需要所有这些档案，”阿当斯贝格指着他的抽屉继续说。“说不定以后这对我们将是不可或缺的。”

“但到底是什么东西的以后啊，老天？”

“别那么没耐性，丹格拉尔，您肯定不愿看到一个人的死亡，对吗？”

第二天，7 区的布鲁阿戴尔大夫大道上出现了一只卷筒冰激凌。

* * *

玛蒂尔德来到伟人旅馆找寻漂亮的盲人，一个这么小的旅馆竟然起了个如此大的名号，她心想。或者这也许是想说明，安置所有的伟人并不需要很多房间吧。

前台人员打电话通知后对她说，雷耶先生不能下楼来，他不太方便。玛蒂尔德上楼一直来到他的房间。

“怎么回事？”玛蒂尔德对着门喊道。“您是光着身子和谁在一起还是怎么的？”

“不，”夏尔回答。

“比这还严重？”

“我看起来很丑，我找不到我的剃刀了。”

玛蒂尔德仔细想了好一会儿。

“您是说您的眼睛没有落在它上面，对吧？”

“是的，”夏尔说。“我到处都摸遍了。我真不明白。”

他打开房门。

“您知道，玛蒂尔德女王，事物从我的脆弱中谋利。我恨事物。它们总是躲起来，它们滑到床架和床垫之间，它们让垃圾桶翻倒，它们卡死在拼接地板缝里。我受够了。我想我要去消灭事物。”

“您还不如一条鱼，”玛蒂尔德说。“因为深海里的鱼和您一样是生活在完全的黑暗中的，即便这样它们也能排除万难地去觅食。”

“鱼可不需要刮脸啊，”他说。“总之见鬼去吧，我对那些鱼嗤之以眼。”

“眼睛，眼睛！这是您故意选的谚语还是怎么的[①]？”

“没错，我故意的。我还有一堆这样的表达：我嗤之以眼，我瞥上一眼，我吸引眼球，我的眼睛不相信您，我没眼色，我会一眼盯死您，我改变眼光，我吞掉眼珠，我眼中有乾坤，等等等等。像这样的句子我有成千上万。我喜欢使用它们。这就好像是咀嚼回忆一般。不过，我要对那些鱼嗤之以眼，这是真的。”

“这嘛，这就牵扯到很多人了。人们是真的倾向于看不起鱼的。

---

① “嗤之以眼”的原文为“je m'en bats l'oeil”，而在法语中，“s'en battre l'oeil”的意思是“嗤之以鼻”。

我能坐这张椅子吗？”

“您请坐。那您在那些鱼身上发现了什么呢？”

“鱼和我，我们彼此了解。此外我们还共同生活了三十年，于是我们没办法再分离。如果我被一条鱼抛弃的话，我肯定会迷失自我的。此外我还和它们一起工作，它们让我赚到钱，它们使我愉快，如果这能令您满意的话。”

“是因为我和您黑暗中的一条傻鱼很相像，所以您才来看我的吗？”

玛蒂尔德想了想。

“您这样什么也解决不了，”她断言道。“您恰恰需要变得更加像鱼一些，更柔顺些，更富于流动。最终这全看您，假如说您的野心就是让全宇宙都受苦的话。我来这儿是因为您在找一间公寓，而看起来您应该还在找它。您也许没有很多钱。但这座旅馆很贵。”

“它的虚名对我来说同样贵。但尤其是，您知道，玛蒂尔德女王，人们不愿意租房给盲人。人们总害怕盲人到处犯傻，比如餐盘放歪从桌上掉落啊，在地毯上小便却还以为自己进了厕所啊。”

“而一个盲人对我则是很合适的。我关于刺鱼、飞火鱼以及尤其是多刺海天使的工作让我买了三套公寓，是同一座楼里的上下层。住在一层和三层的那个大家庭，也就是说海天使和刺鱼走了。我自己住在二层的飞火鱼。我把刺鱼租给了一位有趣的夫人，而我想到您可以去住那个多刺海天使，如果您愿意的话那最终是个一层。我不会租您太贵的。”

“为什么不贵？”

夏尔一边听着玛蒂尔德瞎扯，一边点了一支香烟。他伸出一只手找着他的烟灰缸。

“您去窗户边找烟灰缸，”玛蒂尔德说。“我坐得比您以为的还要靠左整一米。”

“啊，请原谅我。您这样可就有些粗鲁了。在这种情况下，人们都会转个身帮我拿一下那个烟灰缸，并且毫无怨言的。”

“当您了解到我公寓的情况时，您还会觉得我更粗鲁，那里又漂亮又宽敞，但却没一个人愿意住，因为实在太阴暗了。于是我就对自己说：夏尔·雷耶，我可喜欢他了。而且既然他是个盲人，这就再合适不过，因为反正住在阴暗的地方对他来说根本没什么区别。”

“您是从来都这么不客气吗?”夏尔问。

“我猜是，”玛蒂尔德十分严肃地说。“那么您对这个多刺海天使是否动心呢?”

“我很愿意去瞥上一眼，”夏尔手摸着他的眼镜微笑着说。“我猜一个很阴暗的多刺海天使，这会和我很相称的。不过假如我要去住的话，我想先了解一下这种鱼的习性，否则我住的公寓就该把我当成一个白痴了。”

“这简单。疣突扁鲨是洄游鱼类，居住在地中海沿海深处。肌肉平淡，赏识颇多。游水时会像鲨鱼一样摆动尾巴。钝吻，侧鼻孔，或多或少带有疣突。出气孔宽大，半月形，嘴里武装有单尖而基部宽大的牙齿，其余的先跳过不说。身上有阴暗的褐色大理石纹以及亮色斑点，有点儿像是门口的地垫，如果您愿意这么想的话。”

“动物会让我高兴，玛蒂尔德女王。”

*　*　*

此时是七点钟。克莱芒丝·瓦尔蒙在玛蒂尔德的家中工作。她把幻灯片分门别类，而她快要热死了。她很想摘掉她的黑色软帽，她很希望自己不是七十岁，很希望没有脑袋上的那一堆头发。现在，她再也摘不掉她的软帽。今晚，她将给玛蒂尔德展示两则白天的相当有趣的小启事，她试图答复它们：

“66岁男性，保养很好，个头大退休金小，期待不丑的女性，个头小退休金大，为了在独自死去之前完成最后一步。”

很直白。还有这一则，让人相当无法抗拒：

“才华直接承自其父的通灵大师能在接触伊始便说出一切真相无论您是在寻找爱情保护持久机会找回出走的丈夫或妻子吸引工作带来好运以及吸引感情工作匹配只需寄来照片和贴好回邮的信封以便回复保证在该领域内令您满意。”

我会冒什么风险？克莱芒丝问自己。

多刺海天使的公寓让夏尔·雷耶很高兴。事实上，打从玛蒂尔德在旅馆中刚一和他提起时他就已经决定好了，而他以犹豫来掩藏他仓促的接受。因为夏尔知道自己正在逐月变坏，他开始害怕。他感到玛蒂尔德能够毫不自知地将他的头脑从他已深陷的那种病态憎恨中拔出来。与此同时，他看不到其他可以求助的对象，只能坚持在仇恨中，而变成好心盲人的想法令他厌恶。他用双手摸着公寓的墙壁，一步步地沿着它走，玛蒂尔德已经向他展示过哪里是门，哪里是水龙头，以及哪里是电灯开关。

“电灯开关有什么用?”夏尔说。“光亮有什么用？您是一个白痴，玛蒂尔德女王。”

玛蒂尔德耸耸肩。她发现夏尔·雷耶差不多每十分钟就要变得凶狠一次。

“那其他人呢?”玛蒂尔德回答。“假如有人来看您，您也不开灯，就让他们待在黑暗中吗？”

“我恨不得杀了所有人，”夏尔从牙缝中说着，权当是辩护。

他想找一把扶手椅，结果在尚不熟悉的所有家具中磕磕碰碰，玛蒂尔德也没有帮他。于是他保持站立姿势，转向了她。

“我这个位置算是正对着您吗？”

“算是吧。”

“把灯打开，玛蒂尔德。”

“开着的。”

夏尔摘掉他的眼镜，玛蒂尔德看着他的眼睛。

“果然，”过了一会儿她说。“别指望我会对您说您的眼睛这样子棒极了，因为它们真恐怖。坦白说，衬着您苍白的皮肤，它们使您看上去就像一个活死人。您戴着眼镜时看起来很棒，但摘掉眼镜，您就像一条蝎子鱼。假如我是个外科医生的话，我的小夏尔，我一定尽力给您修补一下，使它看上去更漂亮一些。只要还有其他办法，就没有任何理由一直保持一副蝎子鱼的样子。我有个朋友做这套很在行，他给一个出了事故的家伙整理了一番，那人当时撞得活像条眼斑鱼。做完之后，虽然不算美，但好歹也不再像眼斑鱼了。”

“假如我觉得像条蝎子鱼让我很高兴呢？”夏尔说。

“可恶，”玛蒂尔德说。“您别想拿您那套盲人的故事来折腾我的生活，见鬼！您想这么丑？好啊，丑去吧。您想像个坏人一样那么凶恶，想抽所有人的筋，把它们做成极细的皮带吗？好啊，做去吧，我的小夏尔，这对我根本无所谓。您还没有意识到，但您会变糟完全因为今天是星期四，我们正处于阶段2的最开头，而直到星期日以前，我都不会再有任何道德感。同情心、耐心宽慰、英明鼓励，以及其他人道主义价值观，都在本周告终了。我们出生又死亡，我们在中途奋力丢失我们的时光，却装得好像在赢得它一样，这就是我想对人类做出的所有评价。下个星期一，我会在他们最小的拖延和千年轨迹中发现所有辉煌，但在今天，这却是不可想象的。在今天，只有玩世不恭、混乱、无意义，和转瞬即逝的快乐。所以您尽可以期待像些蝎子鱼、鳝鱼、吐泡鱼、长两个脑袋的水蛇、蛇发女妖和各种奇形怪状的水族，这全看您，我的小夏尔，别想来打扰我。因为我可喜爱所有的鱼，包括那些肮脏的鱼。所以所有这些完全不是一个星期四该有的对话，完全不是。您用您歇斯底里的报复性发作来搅和我的一周。而相反，这只不过是阶段2罢了，该去飞鱼那儿喝一杯，我本想为您介绍住在楼上的那位老夫人。但今天不行，您会对她表现太糟的。对克莱芒丝一定要行事体贴。她七十年来就只有一个唯一的念头，找到一个爱情和一个男人，如有可能二者合一，那这就是世间罕有。您看，夏尔，每个人都有自己的大不幸。对爱情，她大把大把有的是，她爱上的是些小启事。她让自己爱上那些小启事，她答复，她赴约，她受辱，她回来，她重新开始。她看上去有些傻，她殷切和极度专注到令人有些绝望，总是从她那肥大的裤子口袋中掏出些纸牌来玩接龙占卜游戏。对此，我要向您描述一下她的脸，然后您就会对您看不见的这种荒诞形成一个认识：这是一张不讨人喜欢的面孔，瘦削且男性化，有着像鼩鼱一样的小尖牙，就是中麝鼩，人们会害怕把手放上去。她妆化得太浓。我请她每周抽出两天将我的所有资料重新分类。她细致又耐心，好像她永远不会死去一样，而这有时会令我欣慰。她工作时把脑筋用在别处，结结巴巴地说着她的渴望和失望，回顾她那些问题约会，提前排练她的表白，然而她还是认真做着分类，但她也和您一样嘲笑那些鱼。这应该是你们之间唯一的共同点。”

“您觉得我能和她相处好吗？”夏尔问。

“别做这样的打算，甚至说您都见不到她的人。她总是出门，总去游荡，去寻找她的丈夫。再说您，既然您不喜欢任何人，那么，就像我母亲会说的，这又有什么大不了的？”

“的确，”夏尔说。

* * *

五天以后的周四早上，人们在佩剑修道院长街发现了一个葡萄酒瓶塞，以及，在5区的皮埃尔和玛丽－居里街发现了一个被割喉的女人，她的双眼望向天空。

尽管备受震撼，阿当斯贝格还是轻易计算出，这一发现发生于阶段2也就是嘲讽阶段的开始，但谋杀却实施于阶段1也就是郑重阶段的结尾。

阿当斯贝格带着一种不如平日朦胧的表情在屋里踱步，他抬着下巴，嘴唇微开，就像在喘息。丹格拉尔看着他心事重重，但又并非一副精神集中的样子。他们的前任警长正好相反。那是个从来不会停止思考的人。前任警长永远在反复思考。而阿当斯贝格则像个四面透风的木板屋，脑子浸在自由的空气中什么的，丹格拉尔这样想。这是真的，人们能够相信，任何进入他身体的东西，不管是通过耳朵、眼睛还是鼻子，不管是烟气、颜色、纸张褶皱，都好像是从他思想上掠过的一阵穿堂风一样，妨碍着它们的成形。这家伙，丹格拉尔心想，他注意所有事，这就使他难以把注意力集中到任何一件事上。四名警探甚至开始习惯了在他的办公室中来来去去，也丝毫不担心会打断那不知为何物的思路了。丹格拉尔还发现，在某些时刻，阿当斯贝格还比以往任何时候都更心不在焉。比如当他把小纸片铺在肚子上而不是在折起的右膝上画画时，于是丹格拉尔就想：假如我现在对他宣布说有一只蘑菇正在把星球吃得只剩下一个柚子那么大个儿，估计他也完全不在乎。但这也太严重了，因为一颗柚子上可容不下很多人。并不需要有多聪明就可以理解到这一点。

弗萝朗丝也在看着警长。自从她与卡斯特罗争论以来，她已经好好想过，并宣称新来的警长给她感觉像是一位有些憔悴的佛罗伦萨王子，她曾在一本书里见过那王子的画像，但至于是哪本书，她则说不出来。在任何时候她都十分乐于像置身于一个展览中那样，坐在正面的一条软质长凳上看着这一幕，因为此时她已经受够了人生，受够了她的连裤袜跳丝，受够了丹格拉尔总对她说，他不知道宇宙何处是尽头，尤其是宇宙本身处于何处。

她看着他们开了两辆车出发去往皮埃尔和玛丽－居里街。

车中，丹格拉尔嘟嘟囔囔地说：

“一个瓶塞和一个被割喉的女人，我看不出来这之间有什么联系，这超出我能理解的范围了。我弄不清这家伙脑子里在想些什么。”

“当人们看向桶里的水时，”阿当斯贝格说，“人们能看到底。把手伸进去，能碰触到一些东西。即便是在一只酒桶里，这也能做到。但如果是在一口井里，这就没用。即便投些小石子进去尝试弄清，也还是没用。悲剧就是，即便如此人们还是尝试。人类总是需要‘弄清’。这只能为他们带去烦恼。您恐怕不难想象井底堆满了数量庞大的小石子吧。当人们丢它落水时可不是为了听些响声，不是。这是为了弄清。但井却是一个可怕的东西。一旦建造它的那些人死去，就再没有人能够从中了解到一些东西。它躲避我们，它用它充满井水的圆柱形肚子的未知深度鄙视我们。这就是我心中井的样子。但有多少井水？它们漫到多高的位置？这都需要去俯身，俯身去了解，投入绳子。”

“一个会淹没自己的东西，”卡斯特罗说。

“正是如此。”

“但我没看出这与谋杀案之间的联系，”卡斯特罗说。

“我没说这其中有个联系，”阿当斯贝格说。

“那您为什么和我们讲这个关于井的故事？”

“为什么不讲？人们一天到晚不能只为了有用才说话吧。但丹格拉尔说得在理。一个酒瓶塞和一个女人之间，的确看不出来有什么联系。正是这一点十分重要。”

被割喉的女人双眼张开且惊恐，她的嘴也同样张开，颌骨几乎脱臼。这使人觉得她仿佛正在大声喊出用巨大字迹写在她周围的那句话，“维克托，走背运，你在外面干什么？”

这简直震耳欲聋，让人想要堵住耳朵，然而在圈外走动的所有警察却都保持着一种沉默。

丹格拉尔看着女人并不昂贵的大衣，衣服合身到刚刚好，她的脖子被割开，血一直流到一栋大楼的门口。他想要呕吐。没有一次当他看到一具尸体时不想呕吐，这并不使他难堪。想要呕吐并不使他感觉不好，这使他忘掉了其他烦恼，灵魂的烦恼，他自嘲地想。

“她被一只老鼠杀死，一个人类的鼠辈，”阿当斯贝格说。“老鼠就是这样扑向喉咙的。”

然后他又补了一句：

“这位女士，她是谁？”

小可爱一天到晚总是说“这位女士”、“那位先生”、“这位女士很漂亮”、“那位先生想要和我一起睡”，阿当斯贝格改不掉这个习惯。

德利勒警探回答：

“她的证件在身上，凶手什么也没拿走。她叫马德莱娜·夏特兰，五十一岁。”

“您已经开始查看她包中的物品了吗？”

“细节部分还没有，不过我们并未发现任何值得关注的东西。”

“我想听听看。”

“好吧，大致上，有一本编织杂志、一把小折刀、一些旅馆中使用的小肥皂、她的钱夹和钥匙、一块粉色的塑料橡皮，还有一个小日志本。”

“她有没有在昨天那页上记什么东西？”

“有，但不是约会的记录，如果您是要问这个的话。她写着：

‘我不信在一家编织店工作会这么奇妙。’”

“还有很多其他类似的记录吗?”

“事实上还真有不少。比如，三天前，她写道：‘我在想妈妈会不会发现马天尼酒如此美味’，还有上周：‘我无论如何都不要爬到埃菲尔铁塔上面去。’”

阿当斯贝格笑了笑。法医在一旁嘀嘀咕咕地说如果再不快一点儿检查尸体的话，就不必期待什么奇迹了，说什么他判断死者应该是死于二十二点三十分到午夜之间，但他还是倾向于先查看胃里的东西再下结论。还说伤口是由一把中型刀刃造成的，狠狠地在枕骨处划了一刀。

阿当斯贝格停止思考日志本上的小笔记，他看着丹格拉尔。警探面色苍白，摇摇晃晃，一双手臂垂在软绵绵的身体两侧。他皱着眉头。

“您看出有什么不对吗，丹格拉尔?”阿当斯贝格问他。

“我不知道。让我为难的是，这些流了一地的血盖住了、几乎是抹掉了粉笔圈的整整一部分。”

“的确，丹格拉尔。而且这位女士的手就快贴在线条上了。如果他是先割喉再画圈的话，粉笔很可能会在血里留下一道痕迹。此外，如果我是凶手，我会以受害者为中心来画圈，我不觉得我会让她的手蹭得这么近。”

“那么说圈是事先画好的了，是吧? 凶手随后把尸体拖入了其中?”

“看起来像。而这似乎很笨，是不是? 丹格拉尔，您去负责和实验室那些家伙一起研究这个，还有默尼耶，那个笔迹学家，如果我没记错他的名字的话。现在，孔蒂拍的照片就能派上用场了，还有之前所有圆圈的尺寸以及您所提取的粉笔样本。需要把所有那些都与这次这个新圈作比对，丹格拉尔。需要确定这些圈是不是出自同一个人之手，以及他是在谋杀之前还是之后画圈。德利勒，您负责死者的住所、邻居，这位女士的伴侣关系以及她的朋友们。卡斯特罗，您主管她工作地点的这个方面，假如她有一份工作的话，包括了解她的同事、她的收入情况。而您，尼韦勒，您去查家庭，和睦与纠纷、遗产什么的。”

阿当斯贝格不慌不忙地吩咐着。这还是丹格拉尔第一次见他下达命令。他把这做得不卑不亢。有趣的是，所有警探似乎都被阿当斯贝格的举止渗透和浸染了似的。这种浸染就好像当天上落雨时，人们总免不了外衣要被打湿一样。警探们变得湿润，他们开始不知不觉如阿当斯贝格一般行事，动作缓慢、面带微笑、心不在焉。这其中变化最大的要数卡斯特罗，他超喜欢前任警长指示他们时的那种男子气训斥，不加解释的军事化命令，禁止转眼珠，禁止摔车门，禁止双手握拳插在夹克衫口袋里。今天，丹格拉尔都快认不出卡斯特罗了。卡斯特罗翻着那位女士的小日志本，他低声读着那些句子，他专注地看向阿当斯贝格，好像他在斟酌每一句对话，而丹格拉尔心想，他或许能向他吐露他关于尸体方面的困难。

“我只要一看她就想吐，”丹格拉尔对他说。

“对我则是另外一回事。问题出在膝盖。尤其当尸体是女人的时候，即使是像她这么丑的女人也不行，”卡斯特罗回答。

“你在日志本里读到了什么？”

“听这个：‘我刚刚烫卷了我的头发，但我还是很丑。爸爸很丑，妈妈也很丑。所以做梦也没用。一位女顾客问我要蓝色的安哥拉山羊毛，但我已经没有了。总有些糟糕的日子。’”

阿当斯贝格看着四名警探重新上了车。他心里想着小可爱，想着理查三世和那位女士的日志本。有一天，小可爱曾问："谋杀是不是就好像一捆粘在一起的面条？只需把它们重新投入沸水中，就能使它们彼此分开？而沸水就好比动机，对吗？"他回答："使其分开的，不如说是一种认识，需要放手让认识去自由发展。"她说："我不敢说明白了你的回答"，这很正常，因为连他自己也不太明白细节部分。

他等着仍在唠唠叨叨的法医完成对尸体的初步检查。摄影师和实验室的人已经走了。他自己留下来看着这位女士，和一些等在货车旁的警员们一起。他期待能有一点儿认识涌上心头。但他知道，只要他见不到那个蓝圈人，就没必要太过为难自己。只需要收集一些信息，而对他来说，信息和认识从来就不是一回事。

* * *

由于夏尔的态度变好了不少，所以玛蒂尔德判断她能够指望十五分钟的平静，期间他不会试图把宇宙搅成一锅粥，而她今晚就可以把他介绍给老克莱芒丝。她要求克莱芒丝留在家中以防万一，并已防备了最坏的情况，坚持告知她新房客是位盲人，这样就不会出现"老天，真是苦难"的惊叫，也不必装成毫不知情了。

夏尔听着玛蒂尔德为他介绍，他听着克莱芒丝的嗓音。他从来不会设想一个拥有这种嗓音的女人，会像玛蒂尔德女王对他描述的那样天真。在这种嗓音中，他感觉更多听到了一种狂热的决心，一种古怪而巨大的智慧。当然，她的话语本身听起来的确很傻，但在这背后，在音色和声调中，却有着某种秘密的内涵，关在笼中，只透出一种喘息，就好像乡村马戏团中的狮子。人们在黑夜中听到它的咆哮，人们会说这个马戏团或许不像他们所相信的那样，或许也不像节目所表现出来的、让他们相信的那样卑微。而这咆哮中带有些许不安，或许是来源于掩饰，夏尔，这位声音与噪音的大师，非常清晰地觉察到了这一点。

玛蒂尔德给他倒了一杯威士忌酒，克莱芒丝讲了几段她人生的故事。夏尔因克莱芒丝而感觉困扰，又因玛蒂尔德而感觉幸福。他的恶毒对神奇的女人毫不关注。

“……而这个男人，”克莱芒丝继续说，“您会说他当真优雅。他对我感兴趣，这是他的原话。他并没能一下触动我，不过我想那最终还是会来的。既然他想带我去大洋洲来一趟大旅行，既然他想要结婚的话。老天，多么美妙。他让我卖掉了我在讷伊的房子和所有的家具。我身边就只留下了两只箱子：‘你什么都不再需要了’，他这么说。然后我来到巴黎赴约，欣喜得我都该怀疑有些事情不对头了。我对自己说，克莱芒丝，我的老克莱芒丝，你花费的时间终于有所回报了，老天啊，你终于要嫁人了，有了这么一个有修养的男人，你还能去大洋洲。而事实上的大洋洲是，我看着桑西埃－多邦顿度过了八小时又一刻钟。我等了整整一天，玛蒂尔德就是当晚在那个地铁站找到我的，虽然她在早上就已经看到过我了。她该说，老天啊，这位老太太身上有些事情不对头。”

“克莱芒丝总要自由发挥很多东西，”玛蒂尔德插嘴说，“她不满意的地方就全都重来一遍。事实上，她在桑西埃－多邦顿独自订婚的那一晚，她是要去找一家旅馆的，而当她走到我这条路上的时候，她看到了‘招租’小广告。于是她就来到了我家。”

“也许吧，”克莱芒丝说，“事情当然有可能是那样。从此以后，每次当我在桑西埃—多邦顿乘地铁都不能不把它和太平洋岛屿们搅在一起。这样的话，我就毕竟还是在旅行。对了，玛蒂尔德，有一位先生打来过两次电话找你，嗓音太温柔了，老天，我听得都快昏厥了，不过我忘了他的名字。听起来像急事。有些事情不对头。”

克莱芒丝永远处在昏厥的边缘，不过她说的电话里的嗓音很可能是真的。玛蒂尔德推测，这或许是十天以前她认识的那个一半古怪一半迷人的警察。不过她怎么也想不出让—巴蒂斯特·阿当斯贝格到底有什么事会急着找她。除非他记起她的提议，想让她帮他见到蓝圈人。她当时冲动地提出这一建议，但同时也是因为她不愿自己不再有任何机会能见到这位警察，他正是她在那一天的真正发现，是他把她从阶段1的尽头解救了出来。她知道自己不会轻易忘掉这个家伙，他会在她的记忆中占据一个角落，他漫不经心的光芒会继续照耀几周。玛蒂尔德找到克莱芒丝用她的麝鼩字迹潦草记下的电话号码。

阿当斯贝格回家等待玛蒂尔德·弗雷斯蒂埃的电话。刚刚度过的一天可说是随一件谋杀案而来的相当典型的一天，伴随着由实验室一帮家伙主导的无言而流汗的活动、散发臭味的办公室、放在桌上的塑料杯，伴随着一头扎到孔蒂拍摄的照片中去的笔记学家，伴随着一种加重的颤抖，这或许是来自担忧，似乎这件不寻常的案情把5区警局投进了担忧当中。是担忧受挫，还是担忧凶手有些畸形，阿当斯贝格并不寻求答案。为了不看到所有这一切，他出门到街道上整整走了一个下午。丹格拉尔在门口截住他。还不到中午，丹格拉尔已经喝得大醉。他说，在发生谋杀案的当天就这么走掉实在非常轻率。但阿当斯贝格不能坦白承认，再没有什么比看着正在思考的十个人更能剥夺他思维的运转了。整个警局必须结束它的狂热，或许是三重的狂热，必须再无一人对他有任何期待，这样阿当斯贝格才能去捕捉到他自己的想法。而此刻，警局中的激动情绪使它们像在最严酷战斗中受到惊吓的士兵那样逃跑。阿当斯贝格长久以来已经认定了自己身上一个显而易见的事实，没有了战斗者，战斗就会停止，同样，没有了想法，他就会停止工作，再也不能把想法从它们好好蜷曲着的裂缝中驱赶出来，这样带来的永远都是徒劳。

克里斯蒂亚娜在门口等着他。

真不走运，今晚他想自己一个人待着。或者是和楼下那个年轻女邻居一起过夜，他已经在楼梯上遇见过她五次，还在邮局遇到了一次，她给他深深的触动。

克里斯蒂亚娜说她是从奥尔良过来、和他一起共度周末的。

他问自己，当那位年轻女邻居在邮局看到他时，她是想说“我想要爱您”或者不过是“我想要聊聊，我烦死了”呢？阿当斯贝格很顺从，他倾向于和所有有此意愿的姑娘都一起睡，有时这让他觉得当真是好事一桩，因为这貌似可以让所有人都高兴，而有时又让他觉得徒劳。不管怎么说，都没法弄清楼下的年轻姑娘想要对他表达什么了。他也曾试图好好思考，然后就把它抛在脑后了。他的小妹妹会对此怎么说？他的小妹妹就是一座思考的工厂，这真是要了他的命。她对她所遇到的他的所有女友都给出她自己的意见。对克里斯蒂亚娜，她是这么说的：“评为及格，身体上无可指摘，可供消遣一小时，大脑神经分支中等偏沉重，自我中心，思考出发点全都一样，这是她所有想法的三大基础，两小时内就会绕回原点，在床上时，是爱情的忘我奴仆，第二天依然同样。诊断结果：别沾染太多，最好换掉。”

这些并不是阿当斯贝格今晚想要避开克里斯蒂亚娜的全部原因。或许是因为在邮局看到了那个年轻姑娘。或许是因为他发现克里斯蒂亚娜正在等着他，确信他会微笑，确信他会打开他的门，然后打开他的衬衫，然后是他的床，确信她会在第二天煮咖啡。确信。而阿当斯贝格对于其他人加诸他身上的这些确信，这是会杀掉他的。这会使他产生一种不可抗拒的渴望，想要回避。此外他最近过多地想起了那个小可爱，还有一些杂七杂八的东西。尤其是，他今天下午散步时想起，他已经九年没见过她了。九年啊，老天！而突然间，他觉得这不太正常。他害怕起来。

在此之前，他一直都在想象她乘坐一个荷兰水手的小船周游世界，后来爬上一个柏柏尔人的骆驼，后来听从一个富拉尼人战士的建议去狩猎，后来在美丽城的运动员和艺术家咖啡馆吃三个羊角面包，后来在开罗旅馆的一张床上捉几只蟑螂。

而今天他在想象她已经死了。

这个想法是那么强烈，以至于他赶紧停下来喝一杯咖啡，他头上冒火，额角挂着汗水。他看到她死去，已经死了一段时间，身体在石板下面腐烂，和她一起在坟墓中的，是理查三世那小小的骸骨。他向柏柏尔人的骆驼骑手呼救，向富拉尼人的掷标枪者、荷兰水手和美丽城的咖啡馆老板呼救。他求他们像往常那样在他的眼前活动起来，求他们操纵木偶，找到这座坟墓的石板。但这四个混账家伙根本就不出现。他们任由恐惧畅行无阻。死了死了死了。卡米叶死了。肯定是死了。只要他想象她一直还活着的，即便她欺骗他，就像他曾经欺骗她那样，即便在她所有的想法中回避了他，即便在开罗旅馆的床上抚摸年轻侍者的肩膀，就在他前来驱赶过蟑螂之后，即便拍摄了加拿大所有的云——因为卡米叶喜欢收集从云到人脸的一系列东西，这些都是难以寻找的东西——即便已经忘记了他的脸和他的名字，即便发生了这一切，只要卡米叶还在地球上的某个地方动弹着，那么一切都会好起来。但假如卡米叶死在世界的这里或那里，那么生活就掐死了自己。那么，无论是早上的风波还是白天的跑动或许都不再拥有同样的意义，假如她是死了的话，卡米叶，一个希腊男神和一个埃及娼妇的不像话的后裔，要知道，他就是这样看待她的出身谱系的。无论是急着寻找凶手、知道人们想在咖啡中加几块方糖、和克里斯蒂亚娜一起睡觉、看着所有路面上的所有石头，这些或许都不再拥有同样的意义，假如身在某个地方的卡米叶不再能把生命扩散到她的周围，带着她那些举足轻重和无足轻重的东西，一件挂在额头上，另一件挂在嘴唇边，两者闭合描绘出一个无穷无尽的8字形来。假如卡米叶是死了的话，那么阿当斯贝格也就失去了唯一一个曾在某天早晨对他这样低声说话的女人："让-巴蒂斯特，我要去瓦希古亚[①]。那是白沃尔特河的源头。"她离开了他，她说："我爱你。"她穿好衣服，然后她就离开了。去买些面包，他这样想。她没有再回来，这个小可爱。九年了。他真不该像那样撒谎地说："我很了解瓦希古亚，我甚至在那里生活过一段时间。"

于是就像这样，克里斯蒂亚娜留在这里，确信她会在明天煮咖啡，而小可爱则死在了某个他没来得及去做点儿什么的地方。于是他也将在某一天死去，永远没来得及再见上一眼小可爱。他想象着玛蒂尔德·弗雷斯蒂埃能把他从这一团黑暗中拉出来，即便他不是

---

① 瓦希古亚是西非国家布基纳法索的城镇。

因为这件事去找她的。但他还是期待着当他见到她时，电影将从曾经停下的地方继续下去，就从开罗旅馆的年轻侍者那里。

玛蒂尔德打来电话了。

他劝说清醒着的克里斯蒂亚娜赶快睡觉，因为他会回来很晚，半小时后，他在玛蒂尔德·弗雷斯蒂埃的家中见到了她。

* * *

她开心地迎接他，这把几小时来世界那勒紧的脖颈放松了一些。她甚至快速地亲吻了他，没有真的吻在脸颊上，没有真的吻在嘴唇上。她笑起来，她说这十分美味，说她瞄了一眼来选择该吻在哪里，说她把这种事做得太像个观察员了，说其实没必要保持这种警惕，因为她只会在和她年龄相仿的男人中物色情人，这是一条绝对原则，可以避免种种故事和比较。然后她扶着他的肩膀一直把他引到一张桌子前面，那里有一位老太太一边玩纸牌接龙一边写信，旁边还有一位魁梧的盲人看起来正在这两件事上同时指导她。桌子是椭圆形透明的，里面有一些水和一些鱼。

“这是一个鱼缸桌，”玛蒂尔德解释说。“我某天晚上发明出来的。有些浮夸，有些简单……正像我一样。鱼们不喜欢克莱芒丝玩纸牌接龙。每次当她把一张牌敲在玻璃上的时候，它们都会跑开，您看到了吗？”

“这一关没打通，”克莱芒丝叹了口气，收起了纸牌。“这预示着我不该回复这名六十六岁保养很好的男人的启事。虽然这使我动心。我对这则启事感觉很好。”

“您收集了很多这种启事吗？”夏尔问。

“两千三百五十四个。我永远也找不到合脚的鞋子。我相信我是中了一个魔咒。我对自己说，克莱芒丝，你永远也做不到，永远。”

“才不是呢，”玛蒂尔德鼓励她说，“特别是夏尔还很愿意帮助您撰写那些回复。他是个男人，他懂得怎样让对方高兴。”

“但产品看起来不太容易卖，”夏尔说。

“我相信您总会找到一个办法，”克莱芒丝回答，丝毫没有表现出生气的样子。

玛蒂尔德领着阿当斯贝格进了她的书房。

“咱们就坐在我的这张宇宙桌旁吧，如果您不讨厌它的话。它能使我放松。”

阿当斯贝格审视着一张巨大的黑色玻璃桌，它的台面上有千百个穿透的小孔，从底下射出光亮，反映出天上所有的星座。很美，有一点儿太美了。

“我的这些桌子，它们丝毫没有商业上的作为，”玛蒂尔德说。“在您面前的，”她用手指指着桌面继续说道，“是天蝎座，这里是蛇夫座和巨蛇座，然后是天琴座、武仙座、北冕座。您喜欢吗？我坐的这个地方，手肘触到的是南鱼座。其实像这样的情况，这都是错的。其实像这样的情况，我们看到的数以千计仍然闪亮的星星实际上都已经消失了，这使天空变得滞后。您懂吗，阿当斯贝格？滞后的天空？可我们又能怎么办，假如我们还是得看着它的话？”

“弗雷斯蒂埃女士，”阿当斯贝格说，“我希望您今晚带我去见画圈人。您今天没听广播吗？”

“没有，”玛蒂尔德说。

“人们今天早上在他的一个圈中发现了一个被割喉的女人，就在离这里两步路的地方，皮埃尔和玛丽－居里街。一个与所有卑劣行径都无关的胖女人也可以与他的谋杀相连。画圈人的速度极快。”

玛蒂尔德把她暗色的脸托在拳头中，然后她突然站起来，拿出一瓶苏格兰威士忌和两只玻璃杯，把它们放在他俩之间的天鹰座上。

“我今天晚上状态不太好，”阿当斯贝格说。“命案搅得我脑袋里一团乱。”

“看得出来。得喝上一杯，”玛蒂尔德说。“您先跟我说说这个被割喉的女人，然后我们再谈另一个死者。”

“什么另一个死者？”阿当斯贝格问。

“肯定会有另一个死者，”玛蒂尔德说。“如果您用这一副脑子来对待每一桩谋杀的话，那您早该换个职业了吧。所以会有另一个死者，您的脑袋会被它劈成两半。您希望我把您带到画圈人那里去阻止他吗？”

“现在还太早。我希望先找到他，我希望看到他，我希望知道他是谁。”

“我有些为难，阿当斯贝格，因为这个男人和我之间变得有了一些默契。我们之间的关系比我上次和您讲的还要更为深厚一些。事实上，我至少已经见过他十二次了，而从第三次开始，他就发现了我的小伎俩。而他始终保持着一种距离，任由我跟踪，他会对我瞥上几眼，或许还带着些微笑，我不知道，他始终离我特别远，或者是低着头。但上一次，他离开前甚至给我比了个小手势，我确信没看错。我那天之所以不想把这些全都告诉您，是因为我不想让您把我也归进怪癖者的行列。毕竟没办法阻止警察们去归类。但现在就不一样，警方是因为谋杀案才要找他的。阿当斯贝格，这男人给我一种无害的感觉。我经常深夜的时候在街上走，所以我知道什么是危险。和他在一起的时候，感觉不到。他个头很小，对男人来说可谓非常之小，瘦削，谨慎，他脸上的线条是流动的、变化的、模糊的，他长得不漂亮。大约六十五岁。在蹲下去写他的句子以前，他会提起他雨衣的下摆，以免把它们弄脏。”

“他怎么画这些圈，是站在里面画，还是从外面画？”

“从外面画。他会突然在一个小物件前面停下来，然后迅速抽出他的粉笔，好像他毫不怀疑地认定这就是今晚的小物件那样。他会朝四周瞥去几眼，他会等到整条街都悄无一人，他不希望被人看到，除了我以外，他似乎能忍受我，我也说不上是为什么。或许他觉得我能理解他吧。他的操作要花费大约二十秒钟。他围绕着物品画一个大圈，之后他蹲下来写字，始终留意着四周。接着他迅速从灯光下消失。他灵巧得就像一只狐狸，而且他看上去很熟悉他的路线。一旦圆圈画完后，他总是把我甩掉，我从来没能发现他的住处。不管怎么说，假如您要截住这家伙的话，我担心您是不是在做一件蠢事。”

“我也不知道，”阿当斯贝格说。“我得先见到他。您是怎么锁定他的？”

“这没什么可神奇的，我不过是找罢了。首先，我打电话给我的几个记者朋友，他们从一开始就对他的案子感兴趣。他们给我一些向他们报告发现了圆圈的人名。我打电话给这些目击者。您可能会觉得奇怪，我净花费时间在这些跟我毫无关系的事情上，但这只是因为您没有研究过鱼。当人们花费数小时来观察鱼类时，人们会说这是一种浪费，说总归还不如把同样的精力花在人类身上才更划算些，说还不如看看他们自己是如何行事的。我以后再向您解释这个。反正几乎所有目击者都是在午夜十二点半之前发现圆圈的，从来没有晚于这个时间。好像画圈人要来往于整个巴黎似的，我心想，好啊，这家伙要乘地铁，他不想错过末班车，这是个能成立的假设。挺傻的，是不是？但又有两个圈在凌晨两点被发现了，位于同一个区域，分别是罗莱特圣母院街和奥弗涅塔街。由于这两条街上来往的车辆行人很多，我怀疑这些圈是在很晚以后才被画上去的，在末班地铁之后。或许因为他能够步行回家，因为他就住在旁边。到这里为止我没说得太混乱吧？”

阿当斯贝格慢慢地摇了摇头。他很钦佩。

“所以我大胆猜想，他家的那站地铁，要么是皮加勒，要么是圣乔治。我在皮加勒站蹲守了四个晚上：什么也没发现。然而那几晚在17区和2区又出现了两个圈，但我从十点钟到栅栏门关起来之前没看到任何可疑人进出地铁。于是我就去尝试圣乔治站。我在那里注意到一个小个子的独行男人，拳头插在衣袋里，眼睛盯着地面，他十一点差一刻登上一趟列车。我还看到了其他一些人，他们可能都符合我正在追查对象的那些条件。但只有这个小个子的独行男人在午夜十二点一刻又重新从地铁里出来，而四天后，他又重走了同样的往返线路。接下来的星期一，阶段1的一开始，新纪元，我又来到圣乔治站。他出现了，我就跟着他。正是发现圆珠笔芯的那一晚上。因为那正是他，阿当斯贝格。我有几次等在地铁出口想要尾随他一直到家。但他总是能甩掉我。我不能追在他后面跑，我不是警察。”

“我不能说您做了非常出色的工作，这听起来太像警察之间的对话了，但无论如何，您做了非常出色的工作。”

阿当斯贝格经常使用出色这个词。

“的确，”玛蒂尔德说，“我很好地摆脱了困境，反正比夏尔·雷耶要强得多。”

“他还能令您满意吗？”

“他凶得像个恶棍，他是头肮脏的野兽，不过这并不令我困扰。这能跟克莱芒丝很好地平衡，就是您刚才见到的那位老太太，她好得像个痴呆。人们有时会说她是故意这么做。夏尔同她在一起时，可不能像同我在一起那样成功地激起反应。这会很适合他的，这能好好地磨磨他的毒牙。”

“说到这个，克莱芒丝有一副很有意思的牙齿。”

“您注意到了？就像中麝鼩一样，这和人类可不相配啊。此外这还会吓退她的求婚者们。需要重整一下夏尔的眼睛，需要重整一下克莱芒丝的牙齿，需要重整一下全世界。那么接下来，我们该操心点儿什么事。假如动作够快的话，我们就能在十点时赶到圣乔治站，如果这就是您的心愿，但我话说在前面，阿当斯贝格，我不认为是他。我认为是另一个人跟在他后面，利用了他画的圈。这种事不可能吗？”

“那得是某个极为了解他习惯的人。”

“我就很了解他。”

“您是的，但别说得那么大声，因为人们会怀疑是您当天晚上跟踪了画圈人，然后把您撂倒的受害者装进车里，一直运送到皮埃尔和玛丽－居里街，最后又在圆圈中间当场割了她的喉，来确保她不会越过线条。但这事会令人讨厌的，不是吗？”

“不。我发现，如果是要指控另一个人的话，这样做甚至很值得。甚至很令人期待，这个怪癖者在舞台上把自己置于司法面前，他还备了很多直径足有两米的圆圈，对于一具尸体来说足够巨大。

事实上，这能使不少人产生犯下一桩谋杀的欲望。”

“假如能证明受害者和画圈人完全不认识的话，那司法又从何推断动机呢？”

“司法会断定这是一桩与怪癖者无关的犯罪。”

“没有显示出任何典型迹象。那么，根据您的假设，这个‘真实’凶手又如何能确定画圈人将作为替罪羊受到惩处？”

“您怎么想呢，阿当斯贝格？”

“没想法，女士，事实上没有一点儿想法。我只是感到这些圆圈从一开始就装载了种种的不舒服。现在我不知道它们的作者有没有杀这个女人，您有可能是对的。或许画圈人自己也只是个受害者。看起来您很会思考，并能得出远好于我的结论，您是一位科学家。我推不出这些步骤和逻辑。但就算这样，此刻我的感觉是，这个画圈人并不是一个柔弱的人，即便他正处于您的保护之下。”

“但是您却没有任何的证据？”

“完全没有。但我希望了解他的一切，这已经有几周时间了。在我眼中，从圈起棉签和卷发夹子开始，他就已经很危险了。今天看来，他仍然很危险。”

“但我的老天，阿当斯贝格啊，您工作的方向完全反了啊！您是要说，当一道菜上桌以前，您就已经断定了它的腐坏，就只因为您感觉到了恶心吗！”

“我知道。”

阿当斯贝格看上去对自己很不满意，他的眼神逃向了一些美梦，甚至是噩梦，而玛蒂尔德无法跟着他到那里。

“来吧，”她说，“我们去圣乔治站。如果我们有机会看到他的话，您就会明白我为什么会在您面前维护他。”

“为什么呢?”阿当斯贝格站起身来，带着一丝忧伤的微笑。“因为对您做了个手势的男人就不可能是个彻头彻尾的坏蛋吗?”

他看着她，头歪向一侧，上下嘴唇不知怎么就咬在一起，他是那么的帅，这使玛蒂尔蒂又有了一番新的感觉，跟这个男人在一起的话，生活还将进一步变得更好。夏尔必须重整他的眼睛，克莱芒丝必须重整她的牙齿，但是他，他必须好好重整一下他的脸。或是因为它太歪了，或是因为它太小了，或是因为它太大了。但玛蒂尔德会禁止人们碰触它的深层内里。

“您太美了，阿当斯贝格，”她说。“您不该做警察，您应该去当婊子。”

“但我也是一个婊子啊，弗雷斯蒂埃女士，像您一样。”

“就是因为这样我才会这么喜欢您。这不会妨碍我向您证明，我对画圈人的直觉完全抵得上您的直觉。听好，阿当斯贝格，您今晚不能碰他，不能是有我在场的时候，我要您向我保证。”

“我保证，我绝不会碰任何东西的，”阿当斯贝格说。

与此同时，他心想他也应该对正光着身子等在他床上的克里斯蒂亚娜同样如此。然而，对于一位光着身子的姑娘，没有办法拒绝啊。就像克莱芒丝所说的那样，今晚是有些事情不对头。此外，连克莱芒丝也不对头。至于说到夏尔·雷耶，简直比不对头还糟，他突然发作，处在内心嚎叫的边缘，处在大急转弯的边缘。

当他跟着去取外套的玛蒂尔德再次来到有鱼缸桌的那间大屋时，夏尔还在和克莱芒丝说话，克莱芒丝则专注而又柔情地聆听着，像个新手一样地吸着她的香烟。夏尔说：

“我的祖母由于吃了过多的小圆饼，在某天晚上过世了。但真正的家庭悲剧，是第二天时，人们发现爸爸正坐在桌前准备吃完那些小圆饼。”

“原来如此，”克莱芒丝说，“但我们究竟该怎样给那个六十六岁的家伙写我这封信呢？”

“晚安了，我的小鸟们，”玛蒂尔德经过时说。

玛蒂尔德，她已经在行动了，她跑向楼梯，她朝着圣乔治站的方向跑去。但是阿当斯贝格从来不懂得赶时间。

“圣乔治，”玛蒂尔德来到了街上，一边找出租车，一边朝他喊道，“难道不是他打倒的恶龙吗？”

“我不知道，”阿当斯贝格说。

一辆出租车于十点五分把他们送到了圣乔治站。

“好了，”玛蒂尔德说，“我们及时赶到了。”

到了十一点半，画圈人仍旧没有出现。玛蒂尔德和阿当斯贝格的脚边丢了一地的烟头。

“坏兆头，”玛蒂尔德说。“他不会再来了。”

“他有所防备了，”阿当斯贝格说。

“防备什么？被指控谋杀吗？这太荒谬了。没有任何证据能向我们显示他听过了广播，没有任何证据能向我们显示他察觉了。您也知道得很清楚，他不是夜夜都出现的，事实不过就是这么简单。”

“的确，他可能还不知道。也或许是他知道了，然后在防备。现在他知道了有人在监视，他就要更改路线。肯定是这样。我们想找到他可就困难了。”

“因为是他杀的人才会这样，是吗，阿当斯贝格？”

“我不知道。”

“您一天里究竟要说几次‘我不知道’和‘可能’呢？”

“我不知道。”

“我很了解到目前为止您取得的成功，非常成功。但无论如何，当人们看到您时，人们会有所疑问。您真的确定您在警局的位子上坐得很好吗？”

“当然啦。而且我做的还不止这些。”

“比如呢？”

“比如我还涂涂画画。”

“画些什么？”

“画一些树叶子和一些树叶子。”

“而这很开心吗？因为如果是我的话，这真是会像死了一样烦。”

“您自己也是在鱼的身上寻开心，这也没有好到哪儿去。”

“您又有什么跟鱼儿过不去的呢？但为什么不画些肖像？不管怎么说那也要有趣得多了。”

“以后吧。要么很久以后，要么永远不。必须先从树上的叶子开始。任何一个中国人都会和您这么说。”

“以后……但您已经有四十五岁了吧，对不对？”

“的确，但是我一点儿都不相信。”

“瞧，这就跟我一样。”

之后，因为玛蒂尔德的大衣里有一小瓶白兰地，这就让他们好好清爽了一番，她说，这是在阶段 2，一切都不顺，人们该好好喝上一口。

当地铁站的栅栏门关闭时，画圈人仍然没有出现。但阿当斯贝格已有时间向玛蒂尔德讲到，他的小可爱死在了世界的某个地方，而他甚至都没有出现在那里来做点儿什么事来阻止。玛蒂尔德脸上的表情说明，她觉得这整个故事相当动人。她说，任由小可爱死去是一种耻辱，说她了解这个世界就如同了解她的衣服口袋，还说她会知道小可爱到底有没有跟她的猢猴一起被埋葬。阿当斯贝格感觉自己醉得像一头母牛，因为他此前没有什么喝酒的经验。他无法正确发出“瓦希古亚”这个词的音来。

* * *

大约同一时间，丹格拉尔也正处于一种近乎相同的状态。四个双胞胎孩子希望他能喝一大杯水，“来醒醒酒”，孩子们这样说。除了四个双胞胎孩子之外，他还有一个五岁的小儿子，此时正在丹格拉尔的膝盖上睡成一团，而这个孩子，他没敢向阿当斯贝格提起。这个孩子是他妻子和一个蓝眼睛的男人所生，这是显而易见的，而她在某天把他留给了丹格拉尔，并对他这么说，反正让所有的孩子们都在一起，这样比较好。两对双胞胎，再加上另外这个成天团在他膝盖上的小家伙，这总共就是五个孩子，而丹格拉尔害怕当被人知道所有这一切时，人们只会把他当成一个傻子。

“你们整天用醒酒的事来烦我，”丹格拉尔说。“而你，”他对第一对双胞胎中的第一个男孩子说，“我不觉得你这样很了不起，你把白葡萄酒倒进塑料杯里借口你想要理解我，借口这样会很高雅，借口你不害怕倒在塑料杯中的白葡萄酒。假若满地都是塑料杯的话，家里会是一副什么样子？这你想过吗，爱德华？”

“我又不是为了这个，”男孩说，“我是为了那口感，以及随后而来的那种瘫软感。”

“我不想知道这个，”丹格拉尔说。“瘫软感，假如德·夏多布里昂子爵阁下以及九十个姑娘叫你滚蛋，假如你自己成为一个金玉其外败絮其中的警察的话，那你才会去操心那个。你要是能达到这个程度，我会很惊讶的。我们今晚到底要不要说点儿悄悄话呢?”

当丹格拉尔和他的孩子们说悄悄话时，这意味着他们要讨论点儿警方案情。这会花费数小时的时间，孩子们都很喜欢。

“你们想象一下，”丹格拉尔说，“这个圣施洗约翰整整一天就这么把一堆臭狗屎往我们怀里一推。这事烦得我要死，到三点钟我就喝醉了。最后，毫无疑问，围绕先前那些圆圈和围绕这具女尸的圆圈来写字的肯定是同一个男人。”

“是‘维克托，走背运，你在外面干什么?’这句么?”爱德华背诵道，“还是‘爱德华，泡酒吧，这么晚了想闹啥?’这句呢?还是‘生命，小蚂蚁，为什么就不能放过我?’还是‘愤怒，孬种，爱怎么着就怎么着去吧’，还是……”

“够了，打住，”丹格拉尔说。“没错，正是‘维克托，走背运……’那句，它把邪恶和死亡，把不幸和威胁，以及所有你能想到的东西都联系到了一起。没错，阿当斯贝格是第一个感觉到这层关系的人。但这是不是就足够指控这个画圈人了呢?笔迹学家态度很明确：这个人没疯，甚至都没有精神失常，他很有修养，对自己的暴露外表和成就感到焦虑的同时又未获成功，咄咄逼人的同时又遮遮掩掩，这是他的原话。他还说：‘这个男人上了年纪，有恐慌发作，但尚能自控；他悲观，被自己的死期所困扰，也就是被自己的永恒性所困扰。他要么是一个快要成功的失败者，要么是一个快要失败的成功者。’笔迹学家就是这样的，我的宝贝们，他摆弄所有句子就像摆弄手套上的手指那样，先顺着一个方向说一遍，然后又反过来，向另一个方向再说一遍。比如，他要是不能立刻说出渴求的希望，他就不会先说出希望的渴求，反之亦然。一瞬间，这就产生了一种智慧的效果，大家都从中意识到，原来没什么大事是非要理解不可的。除了一点可以确定，那就是迄今为止所有圆圈都是这同一个家伙画的，一个又理智又清醒的人，他要么马上就要成功，要么马上就要失败。但说到要确定是不是有人在圈先被画好之后，才将女尸拖入其中，实验室给出的结论是没办法确定。可能是先画，也可能是先杀。你们发现这是化学家所做的一种回答了吗？而接下去，尸体本身，我们得说它也没有尽全力帮上什么忙：这具尸体就像是经历了洋娃娃的一生，光滑得像个洗碗槽，没有性爱痕迹，没有家庭病史，没有经济压力，没有药物滥用：没有。什么也没有，只有一些羊毛线球，都兰的一些票据，一些齐小腿肚的裙子和一些结实的鞋，一个记事小本，厨房橱柜里好多那种带葡萄干的面包。她还在小本的某一页上记道：‘工作时不可能吃干面包，会弄得到处都是碎屑，女老板会看到’，全都是这样的东西。你们该对我说了：‘那她昨天晚上在外面干什么呢？’她刚从她表妹那里回来，她表妹在卢森堡地铁站的服务窗口上班。她经常到那边去，坐在小售票亭里，吃着薯片，手里编织着些会在她的店铺中出售的‘印加’手套，之后她步行回家，估计是经过了皮埃尔和玛丽—居里街。”

“那是她唯一的家人吗？”

“是的，而且就是她这位表妹继承遗产。只不过继承的是些葡萄干面包，以及一只装有少许现金的糖罐，我看不出这位表妹和她丈夫会为此而割了马德莱娜·夏特兰的喉。”

“但假如有人想要利用圆圈的话，他该怎么预先知道当天夜里的圈会被画在巴黎的什么地方呢？”

“问到点子上了，我的宝贝们。不过我们就快讲到了。”

丹格拉尔站起来，把他的小儿子，老五小勒内，轻轻抱回他的床上。

“比如说，”他继续讲，“警长新交的女朋友，玛蒂尔德·弗雷斯蒂埃，据说她就曾目击过画圈人。这是阿当斯贝格告诉我的。我终于又能再说一次他的名字了。这悄悄话让我感觉真好。”

“目前看更像是你一个人自言自语的悄悄话，”爱德华说。

“而且这个认识画圈人的女人，她让我很担心，”丹格拉尔补充道。

“你前些天才说过，”第二对双胞胎中的姐姐说，“说她又美丽又悲伤，又衰老又沙哑，好像一个丧失了王位的惊人女法老，但她并不令你担心。”

“你开口之前没有好好思考，小姑娘。前些天，还没有任何人被杀。现在，我重新回顾她以一个不正当的借口进入警局，表现得像个疯女人一般，一直来到阿当斯贝格面前，说完了所有毫无意义的话之后，在最后宣布她认得画圈人。那正是发生凶杀的十多天前，这也太巧了。”

“你是想说她预谋杀死了马德莱娜，而跑来见阿当斯贝格是为了自证清白吗？”莉萨说。“就好像那个杀害了自己祖父的女人，却提前一个月来找你坦承她的那番‘预感’？你还记得这回事吗？”

“你说的是那个肮脏的女人？她完全没有法老的风范，冷得就像一条蛇。她差点儿就脱身了。凶手自己打电话报告发现尸体，这种情况是很经典的，但还有大量其他衍生。总之，玛蒂尔德·弗雷斯蒂埃突然冒头，这是值得深思的。我们几乎已经听到她抗议：‘警长，假如我有意图利用画圈人来杀人的话，我就不会亲自到您面前来讲述我去跟踪他的事了呀！’极具危险的一招，不过却很高深，依旧符合她的风格。因为她就是个很高深的人，你们都懂的。”

“那她是很想杀了胖马德莱娜吗？”

“不，”阿莱特说，“马德莱娜是位被命运卷入的可怜女士，她会引发连环事件，使这与画圈的怪癖者相连。真正的谋杀还在后面。爸爸他就是这么想的。”

“也许他正是这么想的，”丹格拉尔说。

* * *

第二天一早，玛蒂尔德在楼梯底下遇到正靠在门上的夏尔·雷耶。她其实在想，他会不会是有意等着她，却装成找不到锁孔的样子。然而当她走过时，他一句话也没说。

“夏尔，”玛蒂尔德说，“您把您的眼睛粘在锁孔上面了吗？”

夏尔直起身子，在楼梯井的阴影中摆出了一张阴森的臭脸。

“是您啊，玛蒂尔德女王，又在玩恶毒的文字游戏了吗？”

“是我，夏尔。我领先您了。您知道那条古训吗：‘若想获得和平，就先准备战争。’”

夏尔叹了口气。

“好吧，玛蒂尔德。请帮助一位可怜的盲人把他的钥匙捅进锁孔吧。我还没有习惯这里的生活。”

“在这儿呢，”玛蒂尔德牵着他的手说。“好啦，这下锁上啦。夏尔，您对昨天晚上过来的那位警察有什么看法吗？”

“没有。我没能听到你们之间的对话，后来我就陪克莱芒丝玩去了。我在克莱芒丝那儿玩得很开心，她真是个瑕疵多多的人，而瑕疵者的存在总是让我感觉很好。”

“今天，我就是要去跟踪一个有瑕疵的人，他对向日葵杆的神秘旋转感兴趣，我想要好好了解一下是为什么。这会花上我整整一个白天和整整一个晚上的时间。所以，假如不妨碍您的话，我希望您替我去见一下那个警察。这在您的必经之路上。”

“您到底在计划什么，玛蒂尔德？您已经达到了您的目的——什么目的呢？——让我来到您家中生活。您要重整我的眼睛，您把您的克莱芒丝整晚拴在我背上，现在又要把我送到这个警察的魔爪中去……但您为什么会来挑中我？您想对我做什么？”

玛蒂尔德耸了耸肩。

“您太敏感了，夏尔。我们相遇，就这么简单。这不过是个水下生物能的问题，我的驱动力通常都没什么理由。当我听到您的动静时，我有时会遗憾没能多有一些什么理由。这或许能使我避免卡在楼梯的一级台阶上，因一位坏脾气的盲人而毁掉我的整个上午。”

“对不起，玛蒂尔德。您想让我跟阿当斯贝格说什么？”

夏尔打电话去他的办公室，说他会晚一点儿到。他想要为玛蒂尔德女王先去一趟警局完成那件小事，想要为她效力，想要讨她欢心。试着今天晚上温柔地待她，向她吐露他渴望着她，和蔼地对她说，说他已经和蔼地为她效了力。他不想残杀玛蒂尔德，那是他在这世上最不想做的一件事。他此刻只想要挽留玛蒂尔德，试着不放手，试着不要转过身来又去打击她。继续听她从各个方向对他说话，她沙哑的嗓音，她那随时都可能碰破脸的惊险生活，今天晚上应该给她带去一件首饰，让她开心，一个黄金胸针，不，不要黄金胸针，一道香草烹鸡，她一定会喜欢一道美味的香草烹鸡，无论她说什么都要听，以此为荣，睡衣口袋里揣着温热的香槟入睡，假如有口袋的话，假如有睡衣的话，绝不能把眼睛从她身上撤回，绝不能残杀她，要为她去买一道美味的香草烹鸡。

他现在应该已经来到警局跟前了，但他显然不太确定。那座建筑物并不是他曾经定位过的众多地点之一。他必须问问。他犹豫着，用他手杖在他身前的人行道上画着线，慢慢地向前走去。他迷失在了这条街上，这是显而易见的。玛蒂尔德为什么要把他支使到这儿来？他开始重新体验到一种巨大的厌倦。而当巨大的厌倦来临时，暴怒就会随之而来，它从他胃部的深处被一种极大的冲动激发出来，一直涌上他的喉咙，随后充满了他的整个脑子。

不巧的是，丹格拉尔前来上班，正好撞到枪口上。他看到这个高大的盲人一动不动地站在警局入口前不远的地方，脸上带着一种高傲的绝望表情。

“需要帮助吗？”丹格拉尔问。“您走丢了吗？”

“那您呢？”夏尔回答。

丹格拉尔用一只手摸着头发。

狗屁问题。他到底有没有走丢？

“我没有，”丹格拉尔说。

“错了，”夏尔说。

“您到底出了什么问题？”丹格拉尔问。

“那您呢？”夏尔说。

“妈的，”丹格拉尔说。“那您自己解决去吧。”

“我在找警察局。”

“那您算找对了，我就在那儿工作。我带您去吧。您来警局有什么事？”

“为画圈人，”夏尔说。“我来见让一巴蒂斯特·阿当斯贝格。

他是您的上司，对吗?”

“没错，”丹格拉尔说。“但我不知道他是不是已经来了。他说不定正在什么地方漂着呢。您是来找他报告问题还是咨询问题的?因为这位上司，您会知道，他从来不给人明确指示，不管人们问或不问都一样。所以，假如您是记者的话，您最好到那边去，和您的同行们待在一起。他们已经聚成一堆了。”

他们来到入口处的车马大门前。夏尔碰到一级台阶，而丹格拉尔挽住了他的胳膊。在夏尔的眼镜片后面，在他那死去的双眼中，他感到升起了一股转瞬即逝的怒火。他飞快地说道：

“我不是记者。”

丹格拉尔皱了皱眉，把一根手指贴上额头，但他当然知道，只用手指这么按一按，头疼是不会就此消失的。

阿当斯贝格在警局。丹格拉尔无法说他正好好地安坐在他的办公桌前，甚至不能说他坐在那里。他只是待在那里，对于巨大的扶手椅来说，他是那么轻飘，而对于那白绿相间的背景来说又那么稠密。

“雷耶先生想要见您，”丹格拉尔说。

阿当斯贝格抬起眼睛。比起昨天来，夏尔的那张面孔今天带给他的冲击要多得多。玛蒂尔德说得对，这位盲人的美貌是惊人的。阿当斯贝格很能欣赏其他人身上的这种美，尽管他自己并不会去觊觎这种美。无论如何，他都不记得自己曾经渴望过要去替代另一个人。

“您别走，丹格拉尔，”他说，“我们已经很久没见面了。”

夏尔摸着一把扶手椅的轮廓，然后坐了下来。

“玛蒂尔德·弗雷斯蒂埃，”他说，“她今晚不能如约陪您一起去圣乔治地铁站。这是她的留言。我只不过是过来转达一下。”

“她怎么能期待我在没有她陪同的情况下找得到画圈人呢，既然只有她一个人认得他?”阿当斯贝格问。

“她想到这一点了，”夏尔微笑着回答。“她说我可以帮上忙，因为在她看来，这个男人会在他的行踪中隐约散发出一股烂苹果的味道。她说我只需仰头等在那里，然后深深地吸气，说我对于搜寻烂苹果会表现得如同一头超级警犬一样。”

夏尔耸了耸肩。

“门也没有。她有时候就是这么讨人厌。”

阿当斯贝格看上去心事重重。他转向一侧，他把脚踩在塑料字纸篓上，一张纸已经铺在了他的大腿上。他看上去似乎打算开始画画，就像没事人一样，但丹格拉尔却觉得他不太一样。他看到阿当斯贝格的脸比往日颜色更深，鼻子更突出，牙齿咬了又松，松了又咬。

“是的，丹格拉尔，”他用相当低的声音说，“假如弗雷斯蒂埃女士不愿带路的话，我们就一点儿办法也没有。您会认为这很奇怪吧，是不是?”

夏尔做出要走的样子。

“不，雷耶先生，别走，”阿当斯贝格用同样的语调继续说。“是很讨厌，今天早上我接到一通匿名电话。一个声音对我说：‘您看过两个月前刊载在《第 5 区五页纵览》报纸上的那篇文章了吗?警长您为什么不问问这些知晓情况的人?’然后电话就挂断了。这就是那份报纸，我刚刚找来的。是份垃圾刊物，但却拥有不少读者。拿着，丹格拉尔，您给我们读一读，在第 2 页上方。您知道我没法高声朗读。”

“一位女知情者……

“一部分媒体心满意足地纠缠于一个可怜疯子搞出的行为和动作，他把自己的时间空耗在用粉笔围绕一些旧啤酒瓶盖画圈，这是随便哪一个走过来的孩子都能干出来的，这只能暴露出他们职业上的蹩脚认知，可惜啊，这牵扯进了我们太多的同行。然而科学家们也同样做出了法国研究的糟糕预言。就在昨天，杰出的精神科医生韦科尔—洛里为这档子毫无意义的怪事奉献了整整一个专栏。但这还不是全部。据我们街区的舆论反映，玛蒂尔德·弗雷斯蒂埃这位因其对海底世界的研究而享誉全球的人，她也调转过身，对准了这可悲的大众娱乐。看来，她费尽一番努力，终于见到了那个人，甚至在她滑稽的夜间徘徊中陪伴过他，这使她成为唯一一个突破了‘蓝圈之谜’的人。干得漂亮。她本人或许已于某天在多丹·布方举办的晚会上亲自揭晓这一秘密，人们在那里庆祝她最近一部作品的出版。当然，我们这个区始终为在长期居留的居民中能拥有这样有名望的人士而感到骄傲，但是，弗雷斯蒂埃女士把国家给她的钱花费在她昂贵的鱼类研究上会不会更好一些，而不是执着于围捕一个或许在为恶的傻子、一个精神失常的怪癖者，谁能说，我们这位高贵女士幼稚的冒失行为不会把危险引到我们这个、直到目前为止都并未出现过蓝圈的街区呢？水下存在着一些鱼，哪怕唯一的一次接触也是致命的。处在水面上方的弗雷斯蒂埃女士早就知晓这点，我们用不着在她擅长的领域给她上课。但她知道生活在城市的鱼和他们的危险吗？她鼓励这样的行为，唤醒沉睡的死水，这何尝不是在冒险？为何要在我们这个区的心脏地带玩起收网猎食的游戏，在我们心中激起这种合理的不快呢？”

“看来这是，”丹格拉尔把报纸重新放回桌上说，“给您打电话的那个人昨天或是今天早晨得知了那件凶杀案后，立即来联系您。不但迅速，而且该说他并没有把弗雷斯蒂埃女士放在心上。”

“然后呢?”阿当斯贝格问，始终侧着身子，一直在动着他的下巴。

“然后，这说明托这篇文章的福，有一大堆人一早就知道了弗雷斯蒂埃女士拥有某些小秘密。他们很可能期待自己也能知道它。”

“为什么呢?”

“往好处想，是他们也想成为一个报纸名人。往坏处想，是他们想要摆脱后母，把她困在一个圆圈里，为巴黎的新怪癖者戴上帽子。这种想法肯定已在某些简单而受挫的脑袋里游走，他们由于过于软弱而无法担当起一桩露天犯罪所冒的危险。这件事提供了很好的机会，接下来还需知道画圈人的一些习性。只要几杯酒下肚，玛蒂尔德·弗雷斯蒂埃女士就会成为一位指点江山的情报提供人。”

“再然后呢?”

“再然后，比如我们可以问问夏尔·雷耶先生，他怎么会刚好在凶杀案发的几天前搬到玛蒂尔德家去住的。”

丹格拉尔就是这样。即便他对所要指控的人当面唠叨出这种话，也不会让他觉得为难。阿当斯贝格自知无法做到直接到这种程度，他发现丹格拉尔不担忧会伤害他人，这很有用。担忧经常使他说东说西，就是不说他心中所想的那件事。而作为一名警察，这会带来一些不可预知的结果，而就当时情况来说并不总是好的。

这之后，办公室里持续了好长一段时间的沉默。丹格拉尔始终用一根手指按压着前额。

夏尔料想到一个陷阱，但他还是吃了一惊。在黑暗中，他想象着阿当斯贝格和丹格拉尔都向他投来目光。

“好极了，”夏尔终于打破沉默说。“我五天前租了玛蒂尔德·弗雷斯蒂埃的房子来住。有了这个后你们就跟我知道的一样多。我并不想回答你们，也不想自我防卫。我丝毫都不理解你们那件脏案子的事。”

“我也不理解。”阿当斯贝格说。

丹格拉尔很不开心。他不愿意阿当斯贝格在雷耶面前承认自己的无知。警长又开始在膝盖上涂涂画画了。他不喜欢阿当斯贝格停留在这个样子里，如此朦胧、消极和漫不经心里，不提出任何一个问题来试图摆脱困境。

“不管怎么样，”丹格拉尔坚持说，“为什么要租在她家呢？”

“活见鬼！”夏尔发怒了。“是玛蒂尔德自己跑到我住的旅馆里来，跟我说要租给我公寓的！”

“但却是您自己先在咖啡馆里坐到她身边去的，不是吗？而且是您自己先提到，虽然我们不知道是为什么，说您正在寻找一套出租公寓？”

“如果您是个盲人的话，您就会知道，我是没法在一个露天咖啡馆里挑选我想要遇到谁的，这远在我能力范围之外。”

“我相信，您在能力范围之外能做到的事情有很多很多。”

“好了好了，”阿当斯贝格说。“玛蒂尔德·弗雷斯蒂埃在哪儿？”

“她正在跟踪一个着迷于向日葵旋转的家伙。”

“既然我们什么也无法做，什么也无法知道，”阿当斯贝格说，“那我们就算了吧。”

这场争论让丹格拉尔懊恼。他提议马上去找玛蒂尔德以了解更多情况，提议派一个人去她家守候，等着她回来，还提议去海洋学院转上一圈。

“不，丹格拉尔，我们不去做这些。她会回来的。必须要做的，是今晚派人到圣乔治、皮加勒和罗莱特圣母院这几个地铁站去，让他们记住有关画圈人特征的描述。保持高度警惕。然后等待。带有烂苹果气味的男人会继续开始画他的圈，这是不可避免的。所以我们会等待。但我们没有任何机会能定位到他。他会更改他的路线。”

“但我们该拿他的圈怎么办，假如不是他杀的人？”丹格拉尔说着站起身来，在屋里做着些软绵绵的大幅动作。“他！他！说到底，谁在乎这个可怜的老好人！只有那个利用他的人才让我们大家感兴趣啊！”

“别算上我，”阿当斯贝格说。“我们还是要找画圈人。”

丹格拉尔站在那里，忍着怒气。他还需要很长时间才能适应得了阿当斯贝格。

夏尔感受着这间屋子里的所有混乱。他感受着丹格拉尔隐约的凌乱和阿当斯贝格暧昧的态度。

“在您和我之间，警长，”夏尔说，“到底谁才是盲目的呢？”

阿当斯贝格笑了笑。

“我不知道，”他说。

“有关那个匿名电话的事，我猜我是不是该听候您的安排，就像我们所说的那样？”夏尔继续说。

“我也不太知道，”阿当斯贝格说。“不管怎么说此刻都没有任何事会影响到您的工作。您别太担心。”

“我的工作并不使我担心，警长。”

“我知道。我就是这么说说。”

夏尔听到铅笔在纸上扫过的声音。他猜警长是在一边画画一边讲话。

“我不知道一个盲人究竟该怎样排除万难去杀人。不过我有嫌疑，不是吗？”

阿当斯贝格摆了个含糊其辞的姿势。

“我们得说您选了一个不好的时机搬进了玛蒂尔德·弗雷斯蒂埃家。我们得说出于这样或那样的理由，人们得以在近期对她产生兴趣，对她所知道的那些事，也就是她已然对我们所说的那一切感兴趣。丹格拉尔会向您解释这一点的。丹格拉尔真是见鬼地聪明绝顶，您会发现的。有他在身边，工作就是很休闲的事。我们还得说您有时会比别人更凶狠，完全无法预料。”

“是谁让您相信这些的？”夏尔微笑着问，阿当斯贝格觉得那是一种凶狠的微笑。

“弗雷斯蒂埃女士说的。”

夏尔第一次变得不知所措起来。

“对，是她说的，”阿当斯贝格重复着。“‘凶得像个恶棍，不过我很喜欢。’而且您也很喜欢。因为，雷耶先生，只要吸引住玛蒂尔德，就会带来好处，就会使黑暗的眼中闪出光亮，就像是皮子打了蜡一样。不少人都会这样做。但丹格拉尔，他不喜欢，说到丹格拉尔，这倒是真的。他抱怨这一点是有理由的，而他也可以为这些理由再一次亲自做出很好的解释。他甚至期待自己弄错了。他应该已经很在意这位玛蒂尔德在凶杀案发生之前来到警局，他觉得她像这样来跟我讲带有烂苹果气味的画圈人的这整件事情很奇怪。而且他怀疑得有理由，这真太离奇了。不过凡事都很离奇。甚至包括这烂苹果。不管怎么说，只能等着。”

阿当斯贝格又开始画画了。

“真的是这么回事，”丹格拉尔说。“我们等吧。”

他的情绪仍然没有多好。他把夏尔一直送到街上。

他嘟嘟囔囔地回到走廊，一只手指始终按在前额上。对，因为他长了一副竹竿一般高挑的身材，他觉得玛蒂尔德是那种不会和竹竿身材的人睡在一起的女人。所以他宁愿希望她从事一些犯罪活动。而这篇报道把她丢进了脏洗澡水中。孩子们肯定会感兴趣的。但自从珠宝店年轻姑娘的那件错案之后，他就发誓工作中再也不理会任何闯进脑子里的其他污秽想法，只理会证据，只理会事实。所以对玛蒂尔德，他必须慎重对待。

*　　*　　*

夏尔整个上午都过得毛毛躁躁的。他抚过盲书孔洞的手有一丝颤抖。

玛蒂尔德也很毛躁。她刚刚跟丢了向日葵男人。这个傻帽，他跳进了一辆出租车。她发现自己正置身于歌剧院广场中心，又失望又狼狈。要是在阶段1的话，她就会立刻去点一份半升鲜啤。但处于阶段2时，最好不要这么放肆。再去随便跟踪一个什么人吗？为什么不呢？从另一方面来讲，现在已经接近正午，而夏尔的办公室就在附近。她可以去找他一起吃个午饭。她今天早上待他有一点儿太粗鲁了，借口处于阶段2，人们就可以把脑中闪过的话全部说出口，而待在其中让她感觉很不好。

当夏尔走出位于圣马克街的大楼时，她抓住了他的肩膀。

“我饿了，”玛蒂尔德说。

“您来得正好，”夏尔说。“全世界的警察都在找您呢。今天早上有一个关于您的小小揭发。”

玛蒂尔德坐在餐馆深处的一条软质长凳上，从她的嗓音中，夏尔听不出她对这个新消息有一丝的无所适从。

“不管怎样，”夏尔坚持说，“那些警察们差不多认定了您就是协助谋杀的最佳人选。您可能是唯一一个有能力为那人指出时间和地点，好让他为自己的凶案顺利找到一个圆圈的人。更糟的是，您甚至被指出有点儿太明确了，就差说是您亲自犯下了谋杀罪一样。玛蒂尔德，人们会因您肮脏的怪癖为您带来些肮脏的烦恼。”

玛蒂尔德笑了。她点了一堆的菜。她的确是饿了。

“妙极了，”玛蒂尔德说，“我总是一天到晚遇到些不寻常的事。这是我的奖赏。总之，此一时彼一时吧……多丹·布方的那晚肯定是阶段 2，我喝多了，说了不少蠢话。总之我对那晚的记忆不太清晰了。您瞧着，阿当斯贝格会充分理解这一点的，而且他也不会自寻烦恼，非要揪着件不可能的事一直追到天涯海角的。”

“我觉得您低估了他，玛蒂尔德。”

“我不觉得，”玛蒂尔德说。

“有的。很多很多人都低估他，但丹格拉尔估计没有，无论如何我也没有。我知道，玛蒂尔德，阿当斯贝格的嗓音听起来是种梦幻，它安抚您，迷住您，使您昏昏欲睡，但他自己可没睡。他的嗓音夹带着遥远的图像和模糊的想法，但却指向毫不容情的执行，尽管他很可能是最后一个才拿定主意的人。”

“我到底还能不能吃我的饭？”玛蒂尔德问。

“当然了。阿当斯贝格，得好好认识他，别去招惹他，但他会改变您，他围着您打转，他从后面上来，他收网，而与此同时您也被缴械了。他既不会被追到，也不会被抓到，尤其不是被您，玛蒂尔德女王。他总是能从您身边跑开，以那种温柔，或是以那种突然的漠然。所以对您，对我，或者对任何人来说，他都像是春天的太阳一样，可以有益，也可以有害。全看各人处于什么立场了。对一个杀人犯来说，他就是个见鬼的对手，正如您所了解的那样。假如我杀了人的话，我宁愿选一个能从他身上激起点反应的警察，而不是一个像水一样流动、只为了像石头一样突然停下的警察。他一边流动一边挣扎，流向一个目标、一个河口。凶手要是在里面的话，保准能淹死。”

“一个目标？有一个目标是没有任何意义的。那都是小孩子们玩的，”玛蒂尔德说。

“或许这根抬起世界的不入流撬棒，或许这只眼——又是只眼啊玛蒂尔德——旋风那只不入流的风眼，在那里是另一回事，在那里或许有知识，有脆弱的永恒。您从来没想过这个吧，玛蒂尔德？”

玛蒂尔德停下吃饭的动作。

“您吓到我了，夏尔，真的。您带着一个教士的确信和隐喻说着这一切，可您不过才在今天早晨听他讲了一个小时的话而已。”

“我变得像一条狗，玛蒂尔德，”夏尔发着牢骚说。“一条听得比人类更清楚，感觉比人类更敏锐的狗。一条脏狗可以径直跑个上千公里，就为了找回它的家。我也一样，通过阿当斯贝格之外的其他路，我知道不少东西。我们的共同观点到此为止。我以为我是大地上最聪明的人，我的嗓音像金属般刺耳。它残断，它扭曲，而我的脑袋像一部肮脏的机器一样运转，把得到的信息分类，无所不知。至于目标和河口，我则不再知道。我不再有纯真，或不再有力量去想象旋风会有眼睛。我撇开这些琐事，过于投入到刻薄和复仇中去，只为了在每一天里舒缓我的无力感。但阿当斯贝格不需要分心来活着，您理解我的意思吗？他就这么活着，把所有东西都掺和在一块，大主意和小细节搅在一起，感觉和现实搅在一起，言语和想法搅在一起。混合了小孩子的信仰和老年人的哲学。但他却是真实的，他是危险的。”

“您吓到我了，”玛蒂尔德重复着。“我不能说我会梦想有一个像您这样的儿子，因为那样的话，我会成天提心吊胆没完没了地操心，但您吓到我了。我开始有点儿理解您为什么会看不上鱼儿了。”

“或许您是有道理的，玛蒂尔德，您喜欢上这圆眼睛的黏乎乎的小动物，它们对于填饱一个人的肚子来说甚至不能算作美味。对我来说，即使所有的鱼都死了也没什么不同。”

“您有才艺在我脑中展示了一些对阶段 2 来说不可能发生的想法。即使对您来说这也不是什么好事，您流了好多汗。别为阿当斯贝格的事这么担心。不管怎么说，他人很好，是吧？”

“的确，”夏尔说，“他人很好。阿当斯贝格，他说了好多很好的话。可我不明白您怎么就不担心呢。”

“您吓到我了，夏尔，”玛蒂尔德仍旧重复着。

* * *

刚刚吃过午饭，阿当斯贝格决定要做点儿什么。

受到女受害人随身携带的小日程本的启发，他买了一个可以放在裤子屁股后兜里的小本本。以便他有什么有趣的想法，就可以把它记下来。他并未期待发生什么奇迹。但他还是心想，一旦小本本完成使命，整体效果就会十分中意，能够向他提供一些通向他自己的通道。

他感觉从未像此刻这样活一天算一天地过着。他已经注意到这样的情况好几次了：他越是有些急切，它们越是追在他身后，他的脑筋就越是死板。于是他变成随随便便地活着，置身其外且无忧无虑，剥离所有的想法，所有的品性，灵魂空虚，内心空洞，精神维系在最短的波长上。这样的状况，这种漠然的频段让他周围的人生畏，他了解这状态，但他却难以把控它。因为无忧无虑，他摆脱掉地球上的种种问题，他获得平静，甚至幸福。但随着时日的推移，漠然夹杂着谨慎就变成了一种蹂躏，使得一切都褪色。事物在他眼前变得透明，似乎在变得遥远的同时，也全都成了一模一样。直到他产生了某些莫可名状的厌烦，连他自己都觉得不再有任何的质感，任何的重要性，任由自己被其他人的日常生活所带走，更多地为他们提供一连串小小的服务，彻底变得置身事外。他身体和自动话语的那种机械性，确保了日子的延续，但他在这里不再是为了任何人。由此，阿当斯贝格自身的很大一部分都被剥夺了，他没有太多的担心，也再不做任何的明确表态。这种对所有事物的漠不关心，甚至不带有因空虚而来的恐慌气味，这种灵魂深处的无动于衷，甚至不能驱赶烦恼和痛苦。

但老天啊，这来得可太快了。

他清晰地记起了昨天才给他带来震撼的所有湍流漩涡，那时他想着卡米叶已经死了。而现在，甚至连“漩涡”这个词都显得全无意义。所谓漩涡，到底是些什么东西？死了的卡米叶？很好，然后呢？被割喉的马德莱娜·夏特兰，逍遥自在的画圈人，对他纠缠不休的克里斯蒂亚娜，郁郁寡欢的丹格拉尔，摆脱所有这一切，但这又有什么用？

于是他坐在咖啡馆里，掏出他的小本子，等待着。他捕捉着在他脑海中掠过的想法。它们肯定对他显示了一个中段，但是无头也无尾。所以该如何誊写呢？虽然厌烦，但始终安详，一小时以后，他写下：

我找不到该如何思考。

然后，他从咖啡馆打电话到玛蒂尔德家。克莱芒丝·瓦尔蒙接的电话。老太太不和谐的嗓音带给他一种回到现实的感觉，他想到，要在完全死掉之前干点儿事情。玛蒂尔德回来了。他要见她，但不是在她家。他跟她约好，五点钟在他的办公室见面。

玛蒂尔德出人意料地准时到了。连她自己也很吃惊。

“我不明白，”她说。“我猜这应该是某种‘警务效应’。”

然后她看着阿当斯贝格，今天他没在画画，他把两条腿伸在前面，一只手插在裤子口袋里，另一只任由一根香烟在手指末端燃烧，呈现一副瓦解在不断扩散的慵懒样子，令人不知道该拿他怎么办。不过玛蒂尔德知道他是能够胜任自己的工作的，即便当他是这副样子的时候，尤其是这副样子的时候。

“我感觉我们不会像上次那样玩得那么开心，”玛蒂尔德说。

“也许是吧，”阿当斯贝格回答。

“特意搞这些客套，把我传唤到办公室来真是可笑。您满可以到飞火鱼来，我们一起喝上一杯，然后我们再去吃晚饭。克莱芒丝准备了某道讨厌的地道家乡菜。”

“她是哪儿的人？”

“讷伊。”

“啊。那可算不上什么异国风情。不过我并没有在跟您客套。我需要跟您谈谈，而我并不想到飞火鱼那里去，或是到您希望的所有那些场景中去。”

“因为一个警察不应该和自己的嫌疑犯共进晚餐？”

“不，恰恰相反，”阿当斯贝格用一种疲惫的嗓音说。“和嫌犯亲近也是被建议的行为之一。但是在您家那边，总像永无止境的游行一般，这是显而易见的。盲人，年老的疯女人，大学生，哲学家，楼上的邻居，楼下的邻居，人们要么是女王的朝拜者，要么就什么都不是，您不觉得吗？而我，我既不想做朝拜者，也不想什么都不是。此外我也不知道我为什么要说这些，毕竟这事没有任何要紧之处。”

玛蒂尔德笑了起来。

“明白了，”她说。“那我们以后就在咖啡馆见面好了，或是在巴黎的那些桥上，在那些能体现出平等概念的中立地点。像两名勇敢的共和主义者那样接头。我们现在能抽支烟了吗？”

“可以。5区报纸的这篇文章，弗雷斯蒂埃女士，您看过吗？”

“之前从没听说过这破玩意，直到中午夏尔来跟我学舌。而我在多丹·布方可能夸下的海口，我用不着多努力就能想得出来。我能确保的一切，就是当我喝醉时，我的幻想就会超越现实三十倍。我可能会讲起画圈人和我共进晚餐，甚至是分享了我的浴盆和床，我们还一起准备了他晚间的杂耍活动，这都不是不可能的。假如涉及了这番诱惑的话，对我来说真没什么特别好的。所以请您好好想想。我有时还真该算是一个彻头彻尾的天然大灾难，当然了，这是我的哲学家朋友说的。”

阿当斯贝格噘着嘴。

“对我来说，”他说，“很难忘记您是一位科学家。我并不认为您如您所希望的那样变化莫测。”

“那么，阿当斯贝格，我是割了马德莱娜·夏特兰的喉吗？因为在那天晚上，我没有能拿得出手的不在场证明。没有任何人监视我的来来往往。在那一刻，我的床上没有男人，门口也没有门卫。像风一样自由，像老鼠一样疾速。请您告诉我，这个可怜的女人都对我做了什么？”

“每个人都有他自己的秘密。丹格拉尔会说，既然您跟踪过成百上千的人，那么，马德莱娜·夏特兰想必能在您的笔记中占上几页吧。”

“有可能。”

“他还会补充说，在您的水下生活中，您还用刀子开过两条蓝鲨的膛吧。您有决心，有勇气，有力量。”

“我说，您该不会是躲在别人的评论后面来攻击吧？丹格拉尔这样，丹格拉尔那样的。那您自己的意见呢？”

“丹格拉尔是个思想家。我听他说。至于我，我只在乎一件事：画圈人和他那些该死的勾当。没有什么别的可以愚弄我。说到夏尔·雷耶，您了解他吗？无法得知你们二人当中究竟是谁先找的谁。人们会说是您，但也可能是他逼您出手的。”

出现了一阵沉默，然后玛蒂尔德说：

“您真的认为我会被人这样算计吗？”

玛蒂尔德音调上的不同，使阿当斯贝格停下手中刚又开始的涂涂画画。她在他面前面带微笑地凝视着他，那么的不可一世和高贵大方，但她自信，她有王者风范，好像一声简单的轻笑就可以把他的办公室和全世界调换个来回。于是他慢慢地开口，在玛蒂尔德目光的提点下斟酌他表达最新想法的用词。他用一只手托着脸颊说：

“当您第一次走进警局时，您就不是来找夏尔·雷耶的，对不对？”

玛蒂尔德笑了。

“当然是。我是在找他！但您知道，我不需要您的帮助也可以找到他。”

“没错。我真是个傻瓜。但您装得实在太像了。那么？我们到底是在玩什么？您来这儿到底是想找谁？我吗？”

“是您。”

“纯粹的好奇吗，只因为报纸披露了我的任命？您是想把我也加进您的笔记吗？不，不是这样，不对。”

“不，当然不是，”玛蒂尔德说。

“为了跟我说画圈人的事，就像丹格拉尔所猜测的那样？”

“也不是。要不是塞在您灯座底下的那一堆文章，我还想不到这个点子。您可以不相信我，反正现在您也知道了，我说谎就像我呼吸一样轻松。”

阿当斯贝格摇摇头。他感觉自己正处于危险的境地。

“我只是收到了一封信，”玛蒂尔德继续说：“‘我得知让—巴蒂斯特·阿当斯贝格调到了巴黎。请求你，去看看。’所以我就来看了，就这么简单。人生中没有巧合，这您知道得很清楚。”

玛蒂尔德吸了一口她的烟，微微笑着。玛蒂尔德，她玩得很开心。她为自己讨得了一个见鬼的阶段。

“那么说到底，弗雷斯蒂埃女士。究竟是谁的来信？我们究竟在说谁？”

玛蒂尔德大笑着站起来。

“是我们美丽的漫步者。比我更温柔，更野性，没有我这么下贱和衰老。是我的女儿。卡米叶，我的女儿。不过有一点您算说对了，阿当斯贝格：理查三世的确死了。”

之后，阿当斯贝格说不上来玛蒂尔德究竟是立刻走了，还是过了一会儿才离开的。他也是在这个时候才突然醒悟过来，他脑海中只回荡着一个声音：活着。卡米叶还活着。不管小可爱她身在何处，被谁爱着，她总算还在呼吸，额头弯弯的，鼻子钩钩的，嘴唇软软的，她的乖巧，她的小琐事，她的剪影，一切都活着。

只是在稍晚一点儿走到街上步行回家时——他派了一些人手今晚去圣乔治和皮加勒地铁站蹲守，但却感觉不会有什么收获——他才真正意识到他刚刚听到的消息具有什么意义。卡米叶是玛蒂尔德·弗雷斯蒂埃的女儿。这当然没错。和玛蒂尔德一样是个神乎其神的女子，根本没必要去求证。她们的身形一模一样，这总不会是有上千个模子的。

没有巧合。小可爱在世界的某处读到了法国报纸，得知他的任命，于是写信给她的母亲。或许她经常写信给她。也或许她们彼此之间经常见面。说不定，玛蒂尔德也在尽量使她的科学考察目的地与她女儿的短居地相重合。肯定是这样。他只需知道过去几年玛蒂尔德在何处靠岸就能知道卡米叶都去了哪里。看来他说对了。她是在漫步，迷失，抓不住行踪。抓不住行踪。对此他深有体会。他无论怎么都再也抓不到她。但她也会想知道他变成什么样了。他不会像火漆一样熔化在卡米叶的内心。但他从不曾过多怀疑这一点。并不是他认为自己那么难以忘怀。但他内心深处相信，自己是像一颗小石子一样，埋进了卡米叶的心底，而且它在那里还有那么点儿沉甸甸的。这是迫不得已。事情总是要这样。在他眼中，恋爱的人们总是盲目的，而他这一天的情绪再怎么不快，他都不会说他的爱情没有留下小小的一块，像磁铁一样紧紧地吸在卡米叶的身上。他同样还知道，尽管他想得很少，但他绝不会让卡米叶留在他身上的痕迹这么快就消除，他也说不出是为什么，因为他从来就没有思考过。

有件事令他苦恼，甚至把他从随这个白天不断增长的冷漠的遥远地带拔了出来，那就是从现在开始，他只要问一问玛蒂尔德就能知道了。是的，纯粹为了打探。比如，打探卡米叶有没有爱上别的什么人。但最好还是什么都不知道吧，就停在上一回开罗旅馆的那名年轻侍者身上。这位年轻侍者可真是棒，他黑黑的皮肤，长长的睫毛，一待就是一两个晚上，因为他要杀灭浴室里的蟑螂。而无论如何玛蒂尔德都不会开口了。他们不会再谈这个。只字不提这个把他们两人从埃及一路带到庞坦的女儿，然后这就完结了。如果他猜得没错，她应该是在庞坦。她还活着，这就是玛蒂尔德想要对他说的。她仍然信守着那一夜在圣乔治地铁站许过的诺言，为了把这个死亡的想法从他脑袋里抹去。

也可能是玛蒂尔德感觉被警方的这些烂事所威胁，所以她要靠这样找回自己不可挑战的地位？想让他明白，他打扰的是母亲，伤害的可是女儿的心吗？不。玛蒂尔德不是这样的人。只是不要再谈论这个了，仅此而已。让卡米叶留在原地，继续围绕着弗雷斯蒂埃女士展开调查，不要走上了岔路。对了，今天下午，预审法官也是这样说的："不要走到岔路上去了，阿当斯贝格。"哪条岔路？一条岔路就是关于未来的一个计划，一个投射，而对于这项调查，阿当斯贝格还远远没有其他的线索。他在等着画圈人。这个男人没有把大众放在眼里。但对他来说，画圈人是个在夜间冷笑，而在白天扮鬼脸的生灵。这是一个十分难抓的男人，就像夜行的蛾子般伪装、腐败和多毛，只是想到他就令他厌恶，令他发抖，令他阿当斯贝格这样。玛蒂尔德怎么会说他“无害”呢，而且还拿这当娱乐，疯狂地尾随他到他那些致命的圆圈中去？不管怎么说，这样很好，玛蒂尔德梦幻般的破洞察力。而丹格拉尔又怎样呢，深邃的智者丹格拉尔，他也会说他无罪吗，想在他的思想中驱赶他走，但其实他却像只毒蜘蛛一样紧紧地钩在了里面？又或者误入歧途的是他自己，阿当斯贝格呢？但这都不是理由。他从来只会找到哪里，便向哪个方向追踪过去。无论遇到什么，他都要继续追查这个致命的男人。他最终会看到他，他不得不这样做。说不定当他看到他时，他就会改变他的想法。或许会。他要去等他。他确信画圈人会出现在他的面前。就在后天。说不定就在后天，就会有一个新的圆圈了。

* * *

他还需要再多等上两天，因为考虑到画圈人迫于一种规则，会在周末停止他的活动。但不管怎么说，只需等到周一的夜里，他就会重拾他的粉笔了。

早上六点钟，一名巡逻的警员在尼韦尔十字街发现了蓝圈。

这一回，阿当斯贝格跟着丹格拉尔和孔蒂一起去了。

这是一个拇指大小的塑料沐浴人。这个人形的娃娃被丢在巨大的圆圈中心，产生出一种切实的不安感觉。还是故意的，阿当斯贝格心想。丹格拉尔恐怕也在同时这样想。

“这个蠢货在挑衅我们，”他说。“在前几日的谋杀之后，又圈起了这个小人像……他在遇到这个娃娃之前肯定已经暗自转悠很久了，或者根本就是他自己把它带到这儿来的。这该算耍滑头。”

“他并非是个蠢货，”阿当斯贝格说，“只是他的骄傲刺激了他自己。于是他要开始一番对话。”

“对话？”

“就是进入和我们之间的交流，如果您愿意这样说的话。自从谋杀发生后，他乖乖地待了五天，我都快难以相信了。他改变了他的路线，他变得让我们抓不住行踪。但现在，他开始讲话了，他说：‘我知道有一起谋杀，我什么都不害怕，并且我给出证明。’诸如此类。他没有任何理由会在此时停止讲话。他正处在一种糟糕的境遇中。一种啰里啰嗦的境遇。一种停止了自给自足的境遇。”

“这个圈和以往有些不一样，”丹格拉尔说。“它的画法跟之前那些有所不同。然而字迹还是一模一样的，这一点毋容置疑。但它的确不同了，是不是，孔蒂？”

孔蒂点了点头。

“以前，”丹格拉尔继续说，“他是一笔画下整个圆圈的，就像是在边走着圆弧的同时边画下线条，中间不停。但昨夜的这个，他是分别画了两个半圈，相互拼接在一起，好像他是先画好一边，然后再画另一边似的。他总不会是五天之内就丢了一只手吧？”

“真的是这样，”阿当斯贝格微笑着说，“这可是他的疏忽。韦科尔－洛里对此会很感兴趣的，他说得对。”

第二天早晨，阿当斯贝格一起床就给他的办公室打了电话。画圈人在5区的圣雅克街留下了圆圈，也就是说距离马德莱娜·夏特兰被割喉的皮埃尔和玛丽－居里街两步远的地方。

对话在继续，阿当斯贝格心想。应该是类似于如下的话语："什么都不能阻止我在凶案发生地点的附近画一个圈。"他没有索性就在皮埃尔和玛丽一居里街上画圈，这仅仅是出于对精细行事的考虑，仅仅是优秀品味的标志。这个男人很细腻。

"这次圈里有什么？"阿当斯贝格在电话里问。

"是一大卷脱离了转轴的乱糟糟的磁带。"

阿当斯贝格一边听着马尔热隆的报告，一边翻看着他的邮件。一封克里斯蒂亚娜的来信滑到了他眼前，外表热情洋溢，内里陈词滥调。离开你。自私。再也不见你。骄傲。这样的东西有整整六页纸。

好极了，我们晚上再回来看吧，他对自己说着，确信自己是个自私鬼，但经验提醒他，那些真正要离开您的人从不会费尽心力特意写六页纸来提醒您这一点。他们会一言不发地消失得干干净净，小可爱就是这样做的。那些闲逛的人，让手枪的枪柄从衣服口袋里露出来的人，是从来也不会自杀的，一个他已经记不起名字的诗人大约说过这种类似的话。所以，克里斯蒂亚娜会带着强有力的要求再来。可以预见到这会产生一些复杂性。阿当斯贝格站在淋浴龙头下，决心使自己不要那么无耻，并在今晚再来想想此事，假如他那时还能想得起来的话。

他去圣雅克街见了丹格拉尔和孔蒂。巨大圆圈内的一团磁带在早晨的阳光下看着好像肠子一般，圆圈这次倒是一笔画出来的。高大疲惫的丹格拉尔把他金黄金黄的头发甩到脑后，看着他走近前来。不知出于什么原因，是由于他疲惫的神色，或是他那副虽被打败却坚持着向命运提出问题的思想家样子，还是他虽不满足但却顺从的高大身影展开又叠起的那种方式，总之，今天早上的丹格拉尔令他感动。他想要再对他说一遍他很喜欢他，真的。有的时候，阿当斯贝格会产生一种不太常见的随和，使他形成一些短小而富有情感的宣言，这总会让其他人感到尴尬，因为成人之间通常是不会这么直白表达的。他不止一次地对别人说他们长得很帅，有时还不惜说假话，甚至是在他经历漠然的那个阶段。

眼下这时候，丹格拉尔撑在一辆汽车上面，尽管上衣一尘不染，但他的内心深处正被某种秘密的烦恼困扰着。他的指尖正在口袋深处磨着几枚硬币。钱的烦恼，阿当斯贝格心想。丹格拉尔向他承认有四个孩子，但阿当斯贝格已经从办公室的流言中了解到，他其实有五个孩子，并且他们全都住在三间套的房子里，靠着这位全能父亲一个人的工资生活。但没有人怜悯丹格拉尔，阿当斯贝格也像其他人一样并不怜悯他。怜悯这样的一个人是无法想象的。因为他周身散发的智慧会围绕着他形成一个半径两米的保护场，交谈中的人们一旦向内渗透就会引起注意，丹格拉尔更多是受到一种严密的监控，而不是某些援助。阿当斯贝格心想，玛蒂尔德一直不断提到的那个“哲学家朋友”是不是也有这么一个类似的领域，他产生的范围又有多广。哲学家朋友似乎一副很了解玛蒂尔德的样子。他也许参加了多丹·布方那一晚的活动。去取得他的名字，他的地址，找到他，询问他，在暗中动用一点儿警方的小手段。这不是阿当斯贝格通常会做的事，不过这一回他决心努力一把。

“有一个目击者，”丹格拉尔说。“他在我离开时已经到了警局。他等着向我做完整的证词。”

“他都看见什么了？”

“他看见，大约在差十分午夜的时候，一个瘦小的男子从他身边跑了过去。他是早上听广播时才把这两件事联系起来的。他跟我描述说，这是一个上了年纪的男人，瘦弱，身手敏捷，并且有些谢顶，胳膊下面夹了一个包。”

“还有呢，这就完了吗？”

“还有，他在他的行踪中留下了，据目击者描述，一股很像是极淡的醋味。”

“醋？不是烂苹果吗？”

“不。是醋。”

丹格拉尔已经恢复了好情绪。

“有一千个目击者，就会有一千只鼻子，”他挥舞着长长的胳膊，微笑着补充道。“而一千只鼻子，就会产生一千份诊断。而一千份诊断，代表着一千种童年的记忆。对这一位来讲，是烂苹果，对另一位就是醋，到明天又会来其他人，就会有肉豆蔻果、鞋油、煮草莓甜汤、滑石粉、窗帘灰、润喉水、腌黄瓜……画圈人会散发出一股童年的味道。”

“或者是一股柜橱的味道，”阿当斯贝格说。

“为什么是柜橱？”

“我不知道。童年的味道，是在柜橱里的，不是吗？那些柜橱是永恒不变的。所有的气味都在那里混为一体，变成一种全部，包罗万象的味道。”

“我们又跑偏了，”丹格拉尔说。

“没有跑得太偏。”

丹格拉尔明白，阿当斯贝格又开始漂流，脱缰，跑到他都不知道是什么的状态中去了，总之这松动了他已然模糊的逻辑结构，于是他建议返回。

“我就不陪您回去了，丹格拉尔。您自己去记录醋味目击者的证词吧，我很想听一听玛蒂尔德·弗雷斯蒂埃的那位‘哲学家朋友’会怎么说。”

“我还以为您对弗雷斯蒂埃女士的事不感兴趣了呢。”

“我感兴趣的，丹格拉尔。我同意您说她阻碍了道路的观点。但她也不是特别令我忧心。”

无论如何，丹格拉尔认为几乎没有什么事能够令警长特别忧心，能让他耽搁时间去挖掘这一差别。对。流口水的胖傻狗的故事以及所有后续，都应该已经令他并继续令他特别忧心。还有其他那些诸如此类的东西，也许他有一天会明白。是的，这令他恼火。而他越是了解阿当斯贝格，就越是觉得他像一只蛾子那样难以分辨，难以预测，带着沉重的翅膀，疯癫，而且有效，能让想要把他抓住的人累得要死。但他倒是很想从阿当斯贝格那里学到这种样子，这种含糊，这种近似，还有这种躲避，这使他的目光看起来就像在轮番经历着灭亡和燃烧，让人要么想要远离他，要么想要靠近他。他想，若是有了阿当斯贝格的目光，他或许就能看到事物在摇动，在丢失它们合理的轮廓，就像夏天的树在炎热中震颤那样。那样的话，由于世界对他更少容忍，那么他就会停止想要去把它一直理解到最远的界限，一直到无法再在天空中看到的那个点。那样的话，他就不会这么累了。但只有白葡萄酒可以给他提供这种简洁的间隔，并且他知道，这间隔是虚假的。

* * *

正如阿当斯贝格所期望的那样，玛蒂尔德没有在家。他发现老克莱芒丝趴在一张堆满幻灯片的桌子上。她旁边的一把椅子上，有一些报纸折叠在刊登有小启事的页面。

克莱芒丝太爱讲话了，根本没时间受到威吓。她把好几层尼龙衫套在身上，活像洋葱的表皮。她头上戴着黑色软帽，嘴里叼着一根军品香烟。她说话时几乎不怎么松开嘴唇，这就使人难以看到动物学家玛蒂尔德打趣过的那一口好牙。克莱芒丝这个人既不害羞也不易受伤害，既不专横也不热情，克莱芒丝是那么颠覆，使人禁不住想要听她说上一点点，好了解她在她堆积得如同路障的所有那些平凡事之外是如何驱使她的精力的。

“今天早上的启事还好吗？”阿当斯贝格问。

克莱芒丝做了个怀疑的动作。

“总是可以期待有这样的信息，比如：已退休住在小屋中的安静男子欲寻五十五岁以下爱好收集十八世纪版画的伴侣，但是我一点儿也不在乎版画啊，或者：退休商人欲寻找仍然美丽而对大自然富有激情并且喜欢动物和诸如此类事物的女子，但我一点儿也不在乎大自然啊。无论如何，人们是找不到的。他们写的全都一样，却从不提事实：保养不好有肚腩的老男人只想给自己找个年轻女人一起睡。不幸的是，人们从来不写真相，我们浪费掉难以想象的时间。我昨天见了三个，而我只不过是聚拢了一堆被生活抛弃的渣滓。但切实打击我的，还是外形上的问题，他们都觉得我不合适。这真是绝望。我想问问您，这该怎么办呢？”

“您问我？那您为什么非要结婚不可呢？”

“这是一个我不会向自己提出的问题。我们恐怕会说，这位可怜的老克莱芒丝，她没能忍受她的未婚夫丢下一句话就消失。但不是。老天，我根本就不在乎这一时刻，那时我二十岁，而我始终也没在乎过。必须跟您说，我不是特别喜欢男人。不，这就像是人生中必须要有一件东西一样。我没有其他想法。在我的印象中，几乎所有的好女人全都是这个样子。此外，我也不是特别喜欢好女人。她们和我的想法一样，结了婚后，游戏就玩完了，她们要用自己的人生去践行一件事。我同样也要去望弥撒的，您想象一下。如果我不强迫自己去经历这些，我会变成什么样子呢？我会去偷，去抢，大量撒钱。玛蒂尔德说我人很好。最好还是保持这样吧，这不会让您觉得太无聊吧，不是吗？”

“玛蒂尔德？”

“没有她的话，我始终还会在桑西埃－多邦顿等着那个救世主呢。和她在一起很好。我会愿意为玛蒂尔德去做很多事。”

阿当斯贝格尽量不站在反驳的腔调中。玛蒂尔德说过，克莱芒丝可以谈论蓝色一小时，接着再谈论红色一小时，顺着听众的意愿或随心所欲地重新构建一遍她的人生。需要有一个人有胆量听克莱芒丝讲上好几个月，才有可能把这些稍稍弄清楚一点儿。天大的胆量。这得是个精神科医生，其他人会这么说。但是，这也太迟了。对于克莱芒丝，一切似乎都太迟了，这是显而易见的，但阿当斯贝格却并没感受到任何一种难处。克莱芒丝或许人很好，或许吧，但很少能让人感动，以至于他总是很纳闷，不知道玛蒂尔德究竟是哪里来的冲动，想要把她安排在刺鱼住下，还让她为她工作。假如说某个人有一副好心肠，简直好到家了的话，那一定得是玛蒂尔德。她高傲又尖刻，但却出手大方，被慷慨所淹没。这一点在玛蒂尔德身上体现得很激烈，在卡米叶身上则显得很温柔。而丹格拉尔看玛蒂尔德则另有一番角度。

“玛蒂尔德有孩子吗？”

“有一个女儿，先生。是个美人。您想看看她的照片吗？”

克莱芒丝一下子又变成善于社交和彬彬有礼的了。他大概有时间在她又变了一副面孔之前找到他想要的东西吧。

“千万不要照片，”阿当斯贝格说。“您认识她的那位哲学家朋友吗？”

“您真是提了一大堆的问题啊，先生。至少这不会伤害到玛蒂尔德吧，我想？”

“一点儿都不会，恰恰相反，如果只有咱俩知道的话。”

这是一种阿当斯贝格不太喜欢的警方阴招，但想要套出这些话来又有什么办法？于是，他像背诵乘法口诀那样把它们记在心里，为了快速见效。

“我见过他两次，”克莱芒丝举着她的香烟，有一点儿骄傲地说。“就是他写的这个……”

她吐出一缕烟雾，从书柜里找出一本厚厚的书递给阿当斯贝格：《意识的主观层面》，雷亚尔·卢弗内尔著。雷亚尔，这是个加拿大名字。阿当斯贝格让记忆的碎片浮上来一会儿，想要想起这么个名字。不过他没有想起任何具体的人。

“他一开始是个医生，”克莱芒丝从她的牙齿缝中挤出话语介绍着。“跟您这么说，他似乎就只有头脑。我不知道这会不会给您负担。这不是为让您生气，但是得特别投入才能理解他。玛蒂尔德，她好像跟上了他。这样我才得以知道，他独自一人和十二条拉布拉多犬生活在一起。他家一定臭死了。老天。”

克莱芒丝停止了彬彬有礼的状态。这持续不了多久。现在，她又一次变得像个白痴。这时，她突然说：

“那您呢，您觉得画圈人有意思吧？您也靠搞点儿什么事情维持生活吧？还是说，您也像其他人一样，把它给堵死了？”

这个老太太最终要把他给惹毛了，这并不常见。并非她的这些问题使他不快。归根结底，这都是些平庸的问题。但这身衣服，但这两片怎么也张不开的嘴唇，但这为了不弄脏幻灯片而戴着手套的手，但这没完没了的废话连篇，所有这些都没有给他带来一丝快乐。玛蒂尔德的好意使克莱芒丝越发脱出了她的常规。他不想进一步搅和在这里面了。他已经拿到了他的情报，这样就够了。他现在要后撤，并同时嘟嘟囔囔地说上一些客套话以免惹人伤心。

阿当斯贝格不慌不忙地查到了雷亚尔·卢弗内尔的住址和电话号码。一个过于亢奋的刺耳男声回答他说，他答应今天下午见面。

雷亚尔·卢弗内尔的家里闻起来当真是一股狗味。味道从四面八方袭来，阿当斯贝格光是坐在椅子上就已经受不了，他不禁想问这个人究竟如何才写作得下去呢。稍后他了解到，他原来是口述自己的作品。卢弗内尔一边热情回答着阿当斯贝格的问题，一边还同时做着另外十件事，清空烟灰缸，压实纸篓中的纸，擤鼻涕，对一只狗吹口哨，弹几下钢琴，多紧了一个皮带扣，坐下来，又起身，关窗户，抚摸扶手椅。一只苍蝇都无法跟得上他的动作。更何况是阿当斯贝格。阿当斯贝格适应着这种让人看着都累的忙碌，努力记录着卢弗内尔冲口而出的那些尤其复杂的信息，极力使自己不要分心去顾及这男人在房间的每面墙壁边上蹿下跳，还有墙上钉着的那成百上千张照片，上面拍的都是拉布拉多犬和没穿衣服的小男孩。他听卢弗内尔说，如果玛蒂尔德的冲劲不是总被她那些原始的课题分散掉的话，她还会更伟大，更深入，他们两人是在大学的长凳上认识的。然后他说在多丹·布方时她真是醉得太厉害了，她鼓动所有来宾来听她讲述画圈人和她，说他们俩是绝妙的一对伙伴，就像屁股配衬衫，除了他们俩没有人理解这个“作为科学新阵地的人行道的隐喻性重生”。她还说葡萄酒很好喝，她还想再喝，说她把她的新书献给画圈人，说他的身份对她来讲不是一个秘密，但这个男人的痛苦存在却会一直是她心中的秘密，她的“玛蒂尔德之谜”。就像我们说“未解之谜”那样。一个“玛蒂尔德之谜”，她没有向任何人阐释它的定义，也没有任何人对此表示兴趣。

“由于我没能成功打断这番倾诉，我就带着疑问离开了那里，”卢弗内尔总结道。“玛蒂尔德喝酒以后就会让我感觉别扭。她自我分解掉，变得普通，变得吵闹，变得一点儿不可爱，找不到一点儿价值。绝对不能让玛蒂尔德喝酒，绝对不能。您听到我说的了吗？”

“这番言论有没有令大厅里的任何人显示出兴趣？”

“我记得有些人笑了起来。”

“您为什么会相信玛蒂尔德在大街上跟踪别人？”

“为了快捷一点，我们不如说，这是她在为自己打造奇珍异品陈列室，”卢弗内尔边说边捋着他裤子上的折线，接着又捋到袜子上。“不如说她是在跟踪猎物，在街上随机选取，就像她对鱼那样，她围捕他们，为他们制作卡片。但当然不是，正好相反。玛蒂尔德的悲剧在于，她可以独自生活在海底。没错，这是她的职业，她是一位不知疲倦的探索者，一位高水准的科学家；但这些对她都没什么意义。她的野心在于她在水下开拓的这片广袤疆土。玛蒂尔德是我见过的唯一一个拒绝陪伴的女潜水者，这可是非常危险的。‘我希望能够独自去接受全盘的忧虑和全盘的理解，随心所欲地下沉，雷亚尔，’她这么说道，在一个海沟的深处，在世界的底部。就是这样。玛蒂尔德是整个宇宙的一小块。因为不能够自我膨胀而消融在那里，她就决心去研究它，以求感知它，在她最为庞大的物理世界中。但所有这一切使男人们对她敬而远之，她知道这一点。因为在玛蒂尔德身上有很大的一块善意，或者您愿意，称之为才能也可以，这部分无法得到满足。这就使得，在规律性的周期中，玛蒂尔德总要不时地返回到水面上来，关注另一种诱惑，指向人们的诱惑，我说的是人们，而不是人类。她于是与行走在地表上这些人的千百万小小步调取得了和解。她要一直做到底，她在这里或那里能抓住的每一个行为碎片对她来说都是一件美妙的东西。她把它们记在心里，她把它们记在本本上，她把它们做了玛蒂尔德标记。她还顺便在这其中寻找情人，因为玛蒂尔德同时也是个多情的女人。然后，当她充分享受了这一切之后，当她觉得自己已经相当地爱过了她的兄弟们之后，她就重新潜入水底。这就是她为什么要在街上跟踪他人的原因。是为了充分准备足拍打和扭动，拍打是睫毛的拍打，扭动是手肘的扭动，直到最终丢掉她的孤单，向广袤性作出挑战。”

“那么对您来说，画圈人有没有意味着什么？”

“别误解我，对这些幼稚者我可是一点儿兴趣也没有。即便是谋杀，我也觉得它们幼稚无比。这些大小孩让我厌烦，简直就是同类相残。他们只在意于吸取他人的生命力。他们并不自我感知。而由于他们不自我感知，他们也就不能生存，就什么都不是，而只剩下贪婪，从他人身上渴求些目光，或是鲜血。这些不能自我感知的人简直叫我烦透了。您或许知道我对人类的自我感知更有兴趣吧——我说的是感知，感觉，而不是理解或分析——我对这部分的兴趣远远超过了人类的其他解决途径，我就是靠着这样像其他人一样生存下去的。以上就是画圈人和他的谋杀给我的启示，除去玛蒂尔德讲了太多的那些，我对此几乎一无所知。”

雷亚尔又开始抚弄他鞋带上的结扣了。

阿当斯贝格能感觉出雷亚尔·卢弗内尔已经在为他的对话者尽力调整自己的语言了。他宁愿他不要这样。即使如此，当这个狂热男子说出“自我感知”时，他仍然不很确定自己充分理解了它的含义。但他听的时候想到了他自己，这是不可避免的，人人都该是这样的。他还感觉到，若说是没作自我观察，他却在“自我感知”，或许这正是在卢弗内尔所理解的意义上，唯一的证明就是，他有时候也会“厌倦拥有意识”。他知道这种生存感知有时会取道洞穴学道路，靴子粘在淤泥中，得不到一点儿答案，需要身体上的勇气才能不把这一切都驱赶得远远的。但当它来到时，他是不会驱赶它的，因为他已经确认，这样的一个动作会判他一事无成。

不管怎么说，这个用蓝粉笔画圈的家伙不令任何人担忧。但阿当斯贝格不介意是否解除他的忧虑。这是他的事。他任由卢弗内尔在旁边手舞足蹈，后者在服了一颗椭圆形的黄色小药片后倒是安静了许多。阿当斯贝格对使用药物抱持巨大的怀疑，他宁愿让高烧拖延上一整天，也不想吞下哪怕是一小片药丸。她的小妹妹曾经对他说，他这样真是太骄傲自大了，总是期望能自行摆脱困境，人们并不会因为吃了一管阿司匹林就失掉要命的身份。他的小妹妹只是想挖苦他，她根本就一点儿都不理解他。

* * *

阿当斯贝格在警局找到了快趴下的丹格拉尔。他已经碰上了可以一起痛饮白葡萄酒的伙伴，这就把他的日常仪式给提前了好多。玛蒂尔德和那个漂亮的盲人手肘支在他的办公桌上，活像坐在酒吧的桌子前一样，他们用塑料杯喝下了好多酒。这就闹出了不少的动静。

玛蒂尔德那好听的嗓音在所有这些之上回响，而雷耶不肯把他的脸从女王那里转开，他的神情很开心。阿当斯贝格一边打着招呼，一边仍旧在内心赞叹着盲人惊艳的面孔，但他不乐意看到他深情地注视着玛蒂尔德，假如可以这么说的话。他到底不乐意什么呢？觉得玛蒂尔德会看上这个盲人吗？不，玛蒂尔德才没那么平庸，这里才没有那些夺取权力和吞噬弱者的可悲陷阱呢。但，当有一只手放在玛蒂尔德身上时，很难不看到也有一只手同时放在了卡米叶的身上。不行。他不能把这两者混为一谈。而且人人都有权利碰触卡米叶，他很早以前就已定好了这条有益身心的原则。或者说，丹格拉尔才像是会去这么做的人，因为他那么坚定地关注玛蒂尔德。围绕着这张桌子，两个男人就好像在赛跑一样，可以闻出一点儿上演过千遍的诱惑游戏的味道，应该可以证实，以玛蒂尔德已经喝下的那些白葡萄酒判断，她对这种气氛是不会无动于衷的。无论如何，她有这个权利。而丹格拉尔和雷耶也同样有权利做一回少年，如果他们的确被召唤的话。他该怎么突然扮演好督察的角色，颁布关于艺术的规范呢？他和楼下的女邻居睡一睡是不是就能算艺术了呢？不，这一点儿也不艺术。虽说一时的确挺兴奋，他依照他能确定的规则斟酌着自己的用词，清楚地意识到他从头到尾的那些方法。那他对克里斯蒂亚娜算艺术吗？更糟。这让他想到，他还没想起来去好好想想。还是就这么和大家去喝一杯吧。然后再问问自己他们为什么会在这里。仔细看的话，丹格拉尔还没有迷糊到被这两个跟他同桌共饮的嫌犯所诱惑。再更仔细看的话，思想家丹格拉尔就是在值班，监视，聆听，引导，哪怕他自己也喝醉了。即便在醉酒的状态，丹格拉尔尖锐的头脑仍然把玛蒂尔德和雷耶划归到了与一件凶杀案有着太密切关系的那一类人中。阿当斯贝格微笑了一下，向桌子走了过去。

“我知道，”丹格拉尔举着杯子说，“这是违反规定的。但这些人不是我的客人。他们只是路过我这里而已。他们是来找您的。”

“怎么样？”玛蒂尔德说。

从玛蒂尔德的眼神中，阿当斯贝格看出她急切地想找他。并尽量避免在所有人面前爆发。他拒绝了他那杯酒，把他们带往自己的办公室，同时对丹格拉尔做了个手势。以防万一。为了不伤害他。但丹格拉尔根本不在乎，他已经再次埋头到一堆纸张中去了。

“这么说？克莱芒丝没有管住她的嘴喽？”他一边斜着身子坐下，一边温柔地问玛蒂尔德。

阿当斯贝格微笑着，头歪向一侧。

“她才没那样做，”玛蒂尔德说。“显然是您用关于她人生的问题去骚扰了她，然后又去骚扰了雷亚尔。阿当斯贝格，您这种做法到底算是什么？”

“我猜，这是我作为警察的做法，”阿当斯贝格说。“我也没骚扰她。克莱芒丝很轻松地就从她的牙缝间吹着气自己说了。而且我早有意愿结识雷亚尔·卢弗内尔。我刚从他那儿回来。”

“我知道，”玛蒂尔德说，“这让我感觉很崩溃。”

“这也正常，”阿当斯贝格说。

“您想从他身上得到什么？”

“弄清您在多丹·布方究竟说了些什么。”

“但老天，这有什么可要紧的？”

“有些时候要紧，但仅仅是有些时候，我喜欢找出别人对我隐藏起来的东西。再说，自从5区报纸刊登那篇文章以来，您已经给所有想要接近画圈人的人布好捕蝇网了。所以我得好好管一管这事。我猜您距离知道他是谁已经不远了。我期待您在那天晚上能够多说一些，并且卢弗内尔能够给我复述。”

“我没想到您的手法竟然这么迂回。”

阿当斯贝格耸了耸肩。

“那您呢，弗雷斯蒂埃女士？您第一次进警局来的时候呢？那样的手法就算直接了么？”

“我没得选择，”玛蒂尔德说。“可您，大家都觉得您纯粹。结果您突然就拐弯抹角了。”

“我也没得选择。此外我就是这样的，起伏不定。始终起伏不定。”

阿当斯贝格一只手托着脸，始终歪着头。玛蒂尔德看着他。

“我说得很清楚，”玛蒂尔德继续说。“您这样不道德，您一定是昏了头。”

“这恰恰是我正在做的事，为了取得一些信息。”

“关于什么的？”

“关于他。关于那个画圈人。”

“那您可要失望了。我完全是经由一些记忆虚构出了画圈人的身份。我一点儿证据也没有。纯粹的想象。”

“积少成多，”阿当斯贝格小声说，“我就要从您那儿抽出一些真实的片段了。但是好漫长啊。您能跟我说说他是什么人吗？即便是您虚构的也好，我很感兴趣。”

“这完全是凭空建立起来的。画圈人让我想起了我在多年以前跟踪过的一个男人，至少八年前了，正好在皮加勒街区。我跟着他到了一个阴暗的小饭馆，他在那里独自吃饭。他边吃边工作，从不脱掉他的雨衣，他在桌子上面堆满了一叠叠的书和纸张。而当他把它们碰倒时，则总是会发生这样的事，他在弯腰去把书重新拾起来时会提起他雨衣的下摆，就像提起婚纱裙那样。有时候，他妻子会带情人过来和他一起喝咖啡。他可真算倒了霉，他得收敛起所有怒火来防备些什么。但当妻子和情人走后，他就显出怒气来了，他用插肉的刀子精心地割他的餐巾纸，但这显然完全没用。要是我的话就会建议他喝上一杯，但是他很节制。我当时在我的小本上记下：'一个贪求能力却没有能力的小个子男人。他会怎么办？'您看，我的考量总是很简略。雷亚尔对我说：'玛蒂尔德，你太简略了。'然后我就没再管这家伙了。他让我变得又神经质又悲伤。我跟踪别人是为了舒心，不是想体验他人的痛苦。但当我看到画圈人，和他提着大衣蹲下的那种方式时，这让我想起了曾经熟悉的一个形象。一天晚上，我翻着我的小记事本，我挖出了有关那个缺少能力的贪婪小个子男人的记忆，然后我对自己说：'为什么不呢？这就是他找到的掌握能力的途径吗？'始终简略，我就停在了这里。您看，阿当斯贝格，您失望了吧。根本没必要为了这样微不足道的信息遮遮掩掩地跑到我家和雷亚尔家去。"

不过玛蒂尔德已经不再生气了。

"您为什么不一早就告诉我呢？"

"因为不太确定是否该这么做，不能确定。此外您知道我多少有些在保护画圈人。该说他的人生中就只有我吧。这是那种无法回避的责任。更该死的是，我始终厌恶要让我的私人笔记充当告密信函的那种感觉。"

"理解，"阿当斯贝格说。"您为什么用'贪婪'来形容他？这很有趣，卢弗内尔也使用了同一个词。不管怎么说，是您自己在多丹·布方这么个见鬼的公共场合发表那番宣言的。只能找您来了解更多了。”

“为了干嘛？”

“我已经对您讲过了。画圈人的这些怪癖对谋杀来说是一种鼓励。”

当他为了快速见效而说出“怪癖”这个词的同时，他想起韦科尔－洛里曾说过其实画圈人并未显示出怪癖者的特征。而他对此很高兴。

“在多丹·布方的那一晚以及报刊文章之后，您难道就没有接待过任何特殊拜访吗？”阿当斯贝格继续说。

“没有，”玛蒂尔德说。“或者说我接待的所有拜访都是特殊的。”

“那么晚会之后，您还跟踪过画圈人吗？”

“当然，还跟过不少次。”

“您难道都没发现周围有什么人吗？”

“我并未注意到任何情况。事实上，我根本就不担心这些。”

“那您呢？”阿当斯贝格说着又转向了夏尔·雷耶，“您又在这里干什么？”

“我陪同夫人一起来，警长先生。”

“为了什么？”

“为了散心。”

“或者是为了知道更多。有人对我说当玛蒂尔德·弗雷斯蒂埃潜水时，她会独自潜水，置行业规范于不顾。她不像是会担心到要求陪伴和保护的那类人啊。”

盲人笑了。

“弗雷斯蒂埃女士很生气。她问我要不要一起来做个见证。我接受了。这占用了一天里最后的时间。但我自己也很失望。您挑衅玛蒂尔德动作也太快了。”

“您别得意，”阿当斯贝格笑着说，“她还有很多谎话没用上呢。但您又怎样，比如说，您是不是早就知道5区报纸那篇文章的内容了？”

“它们又不是用有声方式发行的，”夏尔发着牢骚。“但没错，我早知道。您满意了吗？那您呢，玛蒂尔德，您吃惊吗？害怕吗？”

“我无所谓，”玛蒂尔德说。

夏尔耸了耸肩，把他的手指放到墨镜下。

“有人在旅馆提到过这篇文章，”他继续说。“一位客人在大厅里说的。”

“您自己看，”阿当斯贝格说着转向玛蒂尔德，“情报传播得很快，连没办法阅读的人都知道了。那么大厅里的这位客人，他是怎么说的？”

“类似于：‘海洋的高贵女士亲自出手了！她勾搭上了画蓝圈的那个疯子！’这就是我所知道的全部了。不太详尽。”

“为什么这么轻易就向我承认您知道？这对您不利。您知道您的立场已经不清不楚了。您谜一般地搬去玛蒂尔德家，谋杀那一晚又没有不在场证明。”

“您连这个都知道？”

“当然。这是丹格拉尔的工作。”

“如果我不自己向您承认，您也会想办法调查，最终也总会知道。最好还是避开说谎的危害，难道不是吗？”

雷耶用一种凶狠的方式微笑着，好像他要用这笑容剁碎整个宇宙。

“但我并不知道，”他接着说，“在圣雅克街的咖啡馆和我说话的那个人就是弗雷斯蒂埃女士。我是稍后才自己联系起来的。”

“是啊，”阿当斯贝格说，“这您已经说过了。”

“您也总在重复自己说过的话。”

“调查有时候就是要这个样子：重复再重复。记者们管这叫‘原地踏步’。”

“阶段2和3，”玛蒂尔德叹了口气。

“然后，”阿当斯贝格接着说，“突然加力，使人甚至没时间说话。”

“阶段1，”玛蒂尔德补充。

“您说得很对，玛蒂尔德，”阿当斯贝格看着她说，“这的确与生活中一样。它利用的是厌倦松弛和突然刺激。”

“这倒是个平庸的方式，”夏尔嘟囔着。

“我经常说些平庸的事，”阿当斯贝格说。“我重复，我陈述些一眼望去显而易见的事，总之，我很遗憾。您从来不会这样吗，雷耶先生？”

“我尽量避免，”盲人说。“我最讨厌普普通通的对话。”

“我不像您，”阿当斯贝格说。“我觉得这没什么。”

“好了好了，”玛蒂尔德说。“我可不喜欢警长像这个样子。我们会陷进去的。我期待着您等到您的‘突然刺激’，警长，那时光芒会重新回到您眼中的。”

“这倒是个平庸的方式，”阿当斯贝格微笑着说。

“这正是她的隐喻中诗情画意的地方，玛蒂尔德从不在宏大面前后退，”雷耶说。“这一点与您大不相同。”

“完事了吗？我们能走了吗？”玛蒂尔德问。“你们一个个都招我心烦。完全不同地一模一样。”

阿当斯贝格比了个手势，露出一个微笑，然后他又独自一人了。

为什么夏尔·雷耶一定要强调：“这就是我所知道的全部”？

因为他知道的远不止这些。为什么他要承认实情的一部分？为了直接打断任何额外的调查。

阿当斯贝格给伟人旅馆打了电话。大厅的前台接待员记得5区的那份报纸以及那位提及此事的客人。当然他也记得那个盲人。他怎么可能会忘记一位像那样的盲人呢？

“雷耶有没有想要了解有关那篇文章的更多细节？”阿当斯贝格问。

“当然当然，警长先生。他请我为他读了报纸上的那整篇文章。要不是这样我还不会记得这么清楚呢。”

“当时他的反应如何？”

“很难形容，警长先生。他露出一种让人脊背发凉的微笑，那种感觉使您觉得您自己就是个傻子。那一整天，他都像那样微笑着，但我始终弄不明白这意味着什么。”

阿当斯贝格谢过了前台，挂上电话。夏尔·雷耶想要了解更多。所以他才陪着玛蒂尔德来到警局。至于玛蒂尔德，她比她坦白的对画圈人的了解还要多。所有这些都显然没有任何重要性。要思考这类信息使他犯愁。他把它们都推给了丹格拉尔。如果必要的话，丹格拉尔一定比他更加胜任。这样他就可以继续考虑画圈人的事，只想着他一个人。玛蒂尔德说得没错，他在等着他那份突然刺激。他还知道她想要对他带有“眼中光芒”的过时形象说些什么。尽管已经过时，但眼中光芒还有不少。光芒这东西，要么有要么无。对他来说，这取决于时机。而此时此刻，他知道得很清楚，他的目光全都迷失在海洋的不知什么地方去了。

* * *

当天夜里，他做了一个噩梦，快乐的同时，场景又很诡异。他看到卡米叶穿着侍者的服饰走进他的房间。她表情严肃地脱掉衣服，靠着他躺了下来。即便是在梦里，他都处于一种该死的境遇中，他抵抗不了。开罗的那个侍者，边笑边给他看他的十根手指，好像在说：“我跟她结了十次婚。”然后玛蒂尔德冲进来说：“他想把你关起来”，她把她的女儿从他的怀里往外拽。他紧紧抱着她。宁可死掉也不松手把她交给玛蒂尔德。然后他突然意识到，这个梦已经在退化，最初的那些快乐已经全部溜掉，他还是彻底醒来结束它的好。这时候是凌晨四点钟。

阿当斯贝格一边咒骂着一边起了床。

他在公寓中来回踱步。没错，处于一种该死的境遇中。要是玛蒂尔德没有提到她女儿的话，卡米叶恐怕不会轻易回到在远方待了这许多年的现实中来。

不。从这之前就已经开始了，当他觉得卡米叶死了的时候。那一时刻卡米叶浮现在遥远的地平线，而他保持着那份温柔和距离看着她演变。但那时他已经认识了玛蒂尔德，她埃及式的面孔使卡米叶复活，使她比以往还鲜活强烈，一切就是这样开始的。没错，她就是这么开始的，这一系列危险的情感敲击着他的头脑，记忆像被风暴刮起的石板屋瓦一样，在一直被小心保护着的房顶这一下那一下地撞出一个个窟窿。可恶。一种该死的境遇。阿当斯贝格对爱情始终没什么希望和期待，并不是他反对这种情感的存在，而是这些对他都没什么意义，这不是他人生中的必要成分。就是这样，他有时候会觉得这是个缺陷，有时候又觉得这是个机遇。而对这一信念的缺乏，他从未质疑过。这一夜并不比其他夜更特别。但在公寓踱步的过程中，他认识到他特别希望卡米叶能靠在他身边一小时。不能这样做让他感觉受挫，他闭起眼睛想象，而这也无济于事。卡米叶到底在哪里？为什么她不在这里靠着他一直到天明？而了解到自己有了这样无法实现的渴望，无论此时或将来永远都不能实现，这令他恼火。并不是这个渴望本身困扰了他。阿当斯贝格从来就不会陷入自尊的纠结中。困扰他的是，他感觉自己白白浪费时间和好梦在这种无用而又反复出现的幻想中，他认识到假如他懂得早早了断，他的人生早就会轻松很多。但他没有了断。遇到玛蒂尔德真是一个美好的错误。

阿当斯贝格没有再睡着，早上六点五分时，他就拉开了他办公室的门。十分钟以后，6 区警局打来电话。一个圈出现在圣米歇尔大道和狭长偏僻的恩宠谷街的夹角处。圆圈中间有一本袖珍英西字典。折腾了一夜的阿当斯贝格抓住这个机会出门去走走。一位警员已经到了现场，他好像膜拜圣裹尸布一样对着那蓝圈。这警员在小字典旁边站得也太直了。那幅场景相当愚蠢。

我是不是弄错了什么？阿当斯贝格这样问自己。

二十米远的大道下坡处，一家咖啡馆已经开门了。现在是七点钟。阿当斯贝格坐在露天座里问一个服务员这里是不是很晚打烊，是谁在昨天晚上十一点到午夜十二点半之间服务的。他心想，为了去卢森堡站，画圈人应该经过这家小酒馆，鉴于他是一个忠实的地铁乘坐者。老板亲自过来回答他的问题。见他很不客气的样子，阿当斯贝格亮了他的证件。

“我听过您的名字，”老板说。“您在您那一行里很出名。”

阿当斯贝格没否认。这方便让人打开话匣子。

“是的，”老板听阿当斯贝格说完肯定道。“是的，我见过一个不像天主教徒的家伙很符合您要找的特征。大约午夜十二点五分时，他从人行道上很快地走了过去，当时我正在收拾露天座的桌子，准备关门。您知道这些塑料椅子，它们总是又歪又倒，四处乱碰乱挂。总之，有一把椅子倒了，然后那家伙被绊了一跤。我过去要拉他起来，但他推开了我，一句话也没说就飞快地跑了，他胳膊底下紧紧地夹了一个包，松也不松手。”

“就是这个，”阿当斯贝格说。

太阳照到了露天座，他搅着他的咖啡，事情将会变得好起来。卡米叶终于回到了她在远方的位子上。

“当时您联想到什么吗？”阿当斯贝格问。

“没有啊。啊对了。我当时想，这是一个可怜小子，我说可怜是因为他瘦巴巴的，总之这是个刚去喝了一晚酒的小子，而他之所以跑是因为他要被妻子骂了。”

“男性声援，”阿当斯贝格嘟囔着，稍稍对老板有了一点儿不好的看法。“为什么说他喝了一晚酒？他脚步不稳当了吗？”

“好着呢。仔细想想，他简直算身手敏捷。该说他是闻起来有一股酒味，尽管乍看只能勉强发觉。是您让我说说我才想起来的。对我来说，探测到酒精的气味简直就是第二天性。您知道，职业专长嘛……您只要给我随便指定个家伙，我就能对您说出他们具体都喝到了哪种程度。昨天晚上那个神经紧张的小个子，他喝了那么几小杯。能闻得出来，没错，能闻得出来。”

“喝的什么？威士忌？葡萄酒？”

“不，”老板斟酌着，“都不是。是比这两种都要甜的东西。我感觉更像是老单身汉们打牌时一杯续一杯喝的那种利口酒，您知道，那种奢华的风格，不过同样能达到目的，就是面不改色。”

“那是苹果烧酒？梨子酒？”

“啊呀，您问得也太多了，再下去我只能瞎编了。毕竟我没有任何理由趴在他身上仔细闻啊。”

“那就让我们说，是某种水果酒吧……”

“这对您有什么意义吗？”

“意义非凡，”阿当斯贝格说。“请一定在今日到警局来录一下您的这份证词。我把地址给您。尤其不要忘了对我的同事提一下水果气味这件事。”

“我说的是酒精，我没说水果。”

“是啊，按照您的意思说就好。这没什么关系。”

阿当斯贝格满意地微笑起来。他又想起了小可爱，想要见她。这几乎对他毫无影响，一种轻飘飘的渴望像小鸟一样飞向远方，但再无其他。他如释重负地离开小酒馆。今天，他会打发丹格拉尔去玛蒂尔德家问出那间餐馆的地址，就是她跟踪的那个穿着雨衣工作的忧伤男子去的那家餐馆。谁知道会发现什么呢。

但他宁愿自己今天不见玛蒂尔德。

至于说到画圈人，他还在离皮埃尔和玛丽一居里街不远的地方挥舞着他的粉笔。他继续忙忙碌碌，继续被热议。

而他，阿当斯贝格，则等待着他。

*　*　*

丹格拉尔从玛蒂尔德那儿取得了皮加勒那家餐馆的地址，但餐馆已经消失两年了。

整整一天里，丹格拉尔都在窥探阿当斯贝格飘忽不定的情绪。丹格拉尔觉得调查是在拖拉。但他也认识到他们无法干出什么大事。从他自己来讲，他筛遍了马德莱娜·夏特兰全部的人生也没有找到哪怕一颗炉渣。他还去拜访了夏尔·雷耶，请他解释一下他对于那篇报刊文章的特殊好奇心。雷耶感到措手不及，相当的不高兴，或许还特别恼火，因为他自己在阿当斯贝格面前把事情掩饰得太差劲。但雷耶挺喜欢丹格拉尔，还有这个疲倦男人嗓音中的那种低沉和拖沓的音色，它不会像阿当斯贝格过于温柔的嗓音那样令他不自在，他想象着对方有一副高大的身材。他给丹格拉尔的回答非常简单。当他还在学习动物解剖学的时候，有一次他有机会参加了弗雷斯蒂埃女士讲授的一个研习班。这是可以去查证的。当时，他对任何人都没有什么抱怨的理由，他发觉弗雷斯蒂埃女士是那么吸引人，她聪明又有魅力，对于她所授课的内容一个字都不会忘记。后来，他曾想把那一段人生全部抹去。但当他在旅馆大厅听到那个男人影射起“海洋的高贵女士”时，那段舒适的记忆立刻就被唤醒，他觉得他必须去确认人们谈论的究竟是不是她，以及人们到底在责备她什么。雷耶觉得丹格拉尔被他说服了。丹格拉尔问他为什么不在昨天对阿当斯贝格解释清楚，以及为什么不在第一次，当他与玛蒂尔德在圣雅克街“偶然”相遇时，就对她说他早就认识她了。对于第一个问题，雷耶回答说他不希望阿当斯贝格把他的存在更加复杂化，而对于第二个问题，他说不想玛蒂尔德把他和那些变成女士老旧仆从的没完没了的学生混为一谈。他不想让自己变成那样的角色。

总之，这里面全都没什么大事可发掘，丹格拉尔对自己说。不过是常见的因不完整事实杂乱堆放而让它们看着显大而已。孩子们会失望的。但他责备着阿当斯贝格的缓慢，他只有在今天早上蓝圈再现时才准时赶到了。

他有一种毫无来由的感觉，好像是阿当斯贝格在影响着时间的进程。警局本身已完全为他们警长的这种作风所渗透。卡斯特罗莫名的怒气从他身上渐渐消失，马尔热隆说蠢话的时候越来越少，并非只是一个人变得文雅，另一个变得聪明，但这样的话总归就不必整日费心去提。总之，他感觉这似乎只成了他一个人的担忧，所有无关紧要的闪亮点和过分点都变得更不显眼，更没用处，被一种让他觉得更加危险的无忧无虑的听天由命所取代。好像所有人都安安静静地扯着他们船上的帆，当有风刮来的时候，他们丝毫也不对他们无所事事的行为感到有什么不妥，他们任由帆在那里一动不动。每日例行的事务还在继续，昨天，三项侵犯汇聚在同一条街上。阿当斯贝格进进出出，消失又再次出现，这种事情不再引起注意，不再有评论，不再有报警。

* * *

让－巴蒂斯特·阿当斯贝格很早就上床了。楼下的那位年轻女邻居，他想，但愿他回绝她时没太伤她的心吧。然而今天早上，他还期待着赶快见到她，以此来改变他的一些想法，让他幻想另一具身体。但当夜晚真正来临时，他所想的就只是赶快入睡，不要姑娘，不要书报，也不要想象。

当电话铃在半夜响起的时候，他知道该来的最终来了，原地踏步结束，突然刺激到了，他知道有人死了。是马尔热隆打来的电话。一个男人被凶残地割喉而死，地点位于拉斯帕伊大道上通向当费尔广场较为偏僻的一段路上。马尔热隆正和 14 区当地的警力们一起待在那里。

“圆圈呢？圆圈怎么样？”阿当斯贝格问。

“圆圈在那儿呢，警长。画得很完美，似乎这家伙有时间从容来完成。圈外的字迹也同样完整。还是那句：‘维克托，走背运，你在外面干什么？’其他的我暂时不知道了。我等您指示。”

“我这就来。叫醒丹格拉尔。叫他尽快赶到。”

“是不是没有必要去打扰所有人啊？”

“我要他，”阿当斯贝格说。“我也要您，”他继续说，“您也留下。”

他加了这句是为了别造成伤害。

阿当斯贝格不管不顾地随便抓了条裤子和衬衫就穿在身上，反正这就是早几分钟赶到现场的丹格拉尔所得出的印象。他把衬衫扣子天上系到地下，就像他父亲会说的那样，整个错扣了一位，被他给发现了。阿当斯贝格一边查看尸体，一边把他衬衣上的所有纽扣统统解开，然后又照正确顺序重新系了一遍，丝毫不感觉到在拉斯帕伊大道上当着当地警局这些家伙的面穿穿脱脱的有什么不妥。他们都一言不发看着他这么做了，此时是凌晨三点半钟。每次在这种场合丹格拉尔都会感到警长成了舆论关注的焦点，他想要保护他免受风雨侵袭。但是现在，他却觉得自己完全无可奈何。

于是阿当斯贝格一边安安静静地重新穿好衬衣，一边查看着尸体，在探照灯下面看来，这具尸体比马德莱娜·夏特兰的肢体残害得还要严重。喉咙处的切口深到使这个男人的头转了一个方向。

丹格拉尔在面对像马德莱娜·夏特兰那样的尸体时尚且感到虚脱，他只好避免过多地打量尸体。喉咙是他很敏感的一个点。哪怕是仅仅想到破一个小口子都让他觉得无法忍受，仿佛都能令他窒息。他也不喜欢用刀片刮下巴上的胡子。于是他看向另一个方向，看向死者的脚，他的一只脚指在“维克多”这个词的旁边，另一只则指向了“背运”。这是一双保养得很好的鞋子，款式很经典。丹格拉尔的目光追随这具瘦长的身体向上，审视着灰色西装的剪裁，以及露出来的考究马夹。是一位年老的医生，他判断。

阿当斯贝格则研究着尸体的另一头，他面对着年老男人的喉咙。他的嘴唇呈现出一堆憎恶的褶皱，憎恶那只割破这段脖子的手。他想起那只流口水的胖傻狗，就是如此。他 14 区的同事朝他走过来，向他伸出了一只手。

“我是卢维耶警长。我还不曾有机会在其他场合见过您，阿当斯贝格。工作太忙了。”

“是啊。”

“我觉得先为您的部门做一些介绍会比较有益处，”卢维耶主张说。

“谢谢您。死的这位先生是谁?”阿当斯贝格问。

“我恐怕这是一位退休的医生。他随身携带的急救包说明了一切。他七十二岁。名叫热拉尔·蓬蒂厄，出生于安德尔省，身高有 1 米 79，总之，目前除了他身份证上所载的这些内容外，我们难以说出更多。”

“我们没能阻止这个,”阿当斯贝格摇着头说。“我们不能。第二桩可以预见却捕捉不到的谋杀。全巴黎所有的警察也不足以阻止他。”

“我知道您在想什么,”卢维耶说。“自夏特兰被谋杀您就在追查此事了，但罪犯却没有捉住。他再次犯罪，这的确没法让人心里舒服。”

没错，这差不多就是阿当斯贝格的想法。他早就知道这新的谋杀会到来。但他却连一秒钟都未自信过可以做点儿什么来对抗它。有那么一些研究阶段，人们在其中无能为力，只能等待着不可避免的事情发生，试图从中汲取一些新的东西。阿当斯贝格并不内疚。但他的确为躺在地上的这位高贵而典雅的可怜老人感到遗憾，他为他的无能付出了代价。

清晨，尸体被运上了货车。孔蒂前来在一天的第一缕阳光下拍了那些照片，接了他 14 区同事的班。阿当斯贝格、丹格拉尔、卢维耶和马尔热隆跑到刚刚打开护窗板的鲁塞尼亚人咖啡馆，围坐在一张桌子前。

阿当斯贝格保持着沉默，他那位高大魁梧的 14 区同事看到他飘忽的眼神、弯曲的嘴唇和乱糟糟的头发时，感到很是不知所措。

“这次没必要询问咖啡馆的人了,”丹格拉尔说。“艺术咖啡馆和鲁塞尼亚人咖啡馆都是很早就关门的，早于十点钟。画圈人知道这一带很偏僻。他已经在死猫的那次案件中探查过这附近了，就是通向墓地的弗鲁瓦德沃街那边。”

“这是我们的地盘,”卢维耶提醒道。“您事先可没知会我们啊。”

“因为没有谋杀，也没有事故,”丹格拉尔回答。“我们只是单纯为满足好奇心才出动了一下。此外，您这样说也不确切，因为正是您的一个手下提供给我信息的。”

“啊，是吗，”卢维耶说。“很高兴我们终于有交流了。”

“如同上一具尸体，”阿当斯贝格从桌子的另一头插进来说，“这一次也同样没有超出圈的圆周。所以无法弄清究竟是画圈人对此负责还是有人利用了他。始终模糊不清。干得真巧妙。”

“所以呢？”卢维耶问。

“没有所以。法医判断死亡发生在凌晨一点左右。我觉得要更晚一些，”他在新一轮沉默之后断定道。

“也就是说？”卢维耶不死心地接着问。

“也就是说晚于地铁关门时间。”

卢维耶始终很困惑。随后丹格拉尔从他脸上读出了他已放弃参与此番对话的表情。这时阿当斯贝格问了一下时间。

“差不多八点半了，”马尔热隆说。

“去给卡斯特罗打电话。我四点半叫他去做些简要查证。他现在应该有进展了。您趁他还没睡觉赶快去。卡斯特罗不喜欢在睡着时被人打扰。”

当马尔热隆回来时，他说简要查证并没发现什么大事。

“我猜想到了，”阿当斯贝格说，“但您还是说说。”

马尔热隆念着他的笔记。

“蓬蒂厄医生没有犯罪记录。我们已经找到了她的姐姐，她始终还住在安德尔省他们的老宅里。似乎她是他唯一的亲人。她已经八十来岁了。作为一对农民夫妇的孩子，蓬蒂厄医生可说是爬上了上流阶层，看上去他拼尽了全力。这是卡斯特罗的原话，”马尔热隆解释说。“总之，他一直保持单身。据他住所大楼的女门房说，卡斯特罗也同样问询了她，她说他从不带什么女人回来，此外也没有其他人。这也是卡斯特罗补充的。他已经在那栋大楼里住了至少三十年，诊所在三层而他自己住二层，女门房一直和他很熟。她说他殷勤亲切，心地善良，听说他死了她哭了好多。结论，没有任何疑团，一个节制的男人。平静，单调。这是……”

“这是卡斯特罗补充的，”丹格拉尔打断了他。

“女门房知道医生昨晚是为了什么外出的吗？”

“他被电话吵醒，有一个小男孩发高烧。他已经不再行医了，但老客人总是喜欢来征求他的意见。她猜测他是打算步行回家。他很喜欢步行，出于卫生方面的考虑，当然是这样啦。”

“不是当然，”阿当斯贝格说。

“除非怎样？”丹格拉尔问。

“没有除非，”马尔热隆合上他的笔记。

“街区内一位人畜无害的医生，”卢维耶总结道，“和您之前的那位受害人同样云里雾里的。该说这是同样的剧情吧。”

“但这其中有一个很大的不同，”阿当斯贝格说。“一个巨大的不同。”

三个男人都无言地看着他。阿当斯贝格用一根燃过的火柴在纸质桌布的一角上涂涂画画。

“你们没看出来吗？”阿当斯贝格看着他们问道，并没有存心在挑衅。

“该说乍一看没看出什么，”马尔热隆说。“到底是什么巨大的不同？”

“这一回，死的是个男人，”阿当斯贝格说。

*　*　*

法医在傍晚完成了完整的报告。他把死亡时间推定在一点三十分钟。和马德莱娜·夏特兰一样，蓬蒂厄医生在被割喉之前也被重物所击。凶手在喉咙上极尽所能，至少割了六道伤口，已经达到脊椎了。阿当斯贝格做了个鬼脸。整整一天调查所获得的信息也并不比他们早上掌握的更多。现在，关于这位老医生他们已经知道了不少，但都是些普通的事情。他的公寓、他的诊所、他的私人档案全都显示，他的生活没偷没抢，都是自己挣来的。医生正在准备出租他的住所，好返回安德尔省，居住在他刚刚买下的、条件状况也同样普通的一所小房子里。他给他姐姐留下了一小笔遗产，但为了这点儿钱连去杀一只猫都不值。

丹格拉尔在大约五点的时候回来了。他带了三个人去把发生谋杀案的周边所有地段细细搜查了一番。阿当斯贝格看到他脸上露出满意的神色，但他仍然想喝上一杯。

“在排水沟里发现了这东西，”丹格拉尔边说边递给他一个小塑料袋。“就在距离尸体不远处，大约二十米左右。凶手甚至都没有尽力去销毁它。就好像他从没碰过它，不会因它被指认罪证那样。我还是第一次见到这种情况呢。”

阿当斯贝格打开那只小口袋。里面有一副厨房用的粉色橡胶手套，上面沾着血迹。看起来让人很不舒服。

“凶手把人生看得太简单了，是不是?”丹格拉尔说。“他戴着厨用手套割人家喉咙，然后他在不远处脱掉，直接把它们丢进了排水沟，就好像这只不过是团废纸似的。但他不会留下指纹。这就是橡胶手套的好处：不需碰触，只要摩擦几下就能消掉指纹，而且这种手套到处都能找到。除了由此判定出凶手对自己有疯狂的自信以外，您觉得我们还能拿这玩意做什么呢？他还要像这样再杀我们多少个人呢?”

“今天是周五。几乎可以肯定的，周末应该不会发生什么。我感觉画圈人周六和周日都不会行动。这是非常有规律的一种安排。假如凶手是他以外的某个人的话，他也要等着新圈出现。说到这里，雷耶昨天晚上有什么不在场证明吗?”

“永远是老样子。他睡觉了。没有任何目击人。所有人都在家里睡觉。没有任何门房看到他们可能的进进出出。现如今门房越来越少，对我们来说真是悲剧。”

“玛蒂尔德·弗雷斯蒂埃刚才给我打来了电话。她从广播里听到了谋杀，她似乎很受震动。”

“是吗,”丹格拉尔说。

* * *

接下来的几天里什么事也没发生。阿当斯贝格重又把楼下的女邻居带上了他的床，丹格拉尔继续他六月傍晚的疲惫放松。只有媒体煽风点火。此时，正有一打的记者在人行道上轮流换岗呢。

星期三，丹格拉尔终于第一个沉不住气了。

“他在吊我们的胃口,”他发着牢骚。“我们什么也做不了，什么也找不到，什么也证明不出来。我们待在这儿，垂头丧气，等待着他为我们创造点儿什么。除了等待一个新圈，我们不知道还能做什么。这真叫人受不了。对我来说，这真叫人受不了,”他在向阿当斯贝格投去一瞥之后，特别加上了这句。

“明天，”阿当斯贝格说。

“明天什么？”

“明天早上，就会有一个新圈出现的，丹格拉尔。”

“您又不是预言家。”

“我们别又再绕回到这上面来，关于这个我们两人已经讨论过了。画圈人有一个计划。韦科尔－洛里怎么说的来着，他要展示他的想法。他不可能什么都不做就让整整一周这么过去。尤其是媒体现在除他以外什么都不说。如果他今夜画圈的话，丹格拉尔，我们就要提防再下一夜发生新谋杀，也就是周四到周五的这个夜间。这次我们要扩大巡逻力度，至少是在 5 区、6 区和 14 区这几个地方。”

“为什么？凶手没必要加快速度啊。他迄今为止从未着急过。”

“现在情况不一样了。听我说，丹格拉尔：假如画圈人就是凶手，并且他要继续开始画圈的话，那么他就是有意图要再次杀人。但他知道现在必须抓紧干了。已经有三个目击人对他进行过描述，这还没有算上玛蒂尔德·弗雷斯蒂埃。我们马上就可以绘制出电脑肖像图。他通过报纸掌握进度。他知道得很清楚，他不能再长时间地像这样下去了。他的方法太过冒险。因此，假如他要完成他已开始的事情，他就不能够再拖拖拉拉的。”

“那假如凶手不是画圈人呢？”

“那也并不能改变什么。他同样无法指望拖延。他的画圈人被两桩罪行吓坏，很可能比预料的要更早停止这个游戏。他必须趁怪癖者还没有终止时加快自己的速度。”

“很可能，”丹格拉尔说。

“非常可能，老兄。”

丹格拉尔整宿都躁动不安着。阿当斯贝格怎么就能这么漫不经心地等待呢，他怎么就能允许自己这么随便预见呢？他就从来没给人留下过从事实出发的印象。他读了自己为他准备的所有关于受害者和嫌疑人的资料，但他几乎从未做过什么评论。他总是跟着不知道从哪儿来的哪阵风就跑了。为什么他会觉得第二名受害者是个男人的这件事很重要呢？难道因为这排除掉了性犯罪的可能性？

这件事对丹格拉尔来说并不算稀奇。他很早以前就设想过有什么人会因某种具体目的而利用蓝圈人。但无论是夏特兰或蓬蒂厄的死都未显示出有任何人受益于此。这些看来只不过证实了“变态连环凶杀”的这个想法。难道因为这样他们就不得不等着新的命案发生吗？阿当斯贝格为什么仍然只关心着他的画圈人呢？还有他为什么称呼他为“老兄”？在床上翻来覆去一百遍之后，丹格拉尔热得要死，他决定起来去厨房喝掉一个瓶底的酒，来好好败一败火。他经常注意着在孩子们面前留一个瓶底而不喝干。但阿莱特明天就会发现他在夜里偷喝了。好吧，反正这又不是头一次了。她会噘着嘴说：“阿德里安啊”——她经常管他叫阿德里安——“阿德里安，你真是一个坏家伙。”但他之所以犹豫不决，主要还是因为半夜喝酒会让他醒来时脑袋疼，疼得好像要掀掉头发，让他关节不听使唤，而他明天早上当然是需要能够站稳的。以防应对万一又有一个新圈出现的情况。而且还要为接下来的一夜安排巡逻呢。因为阿当斯贝格随随便便的断言就要如此兴师动众的确让人感觉不爽，但不管怎么说，比起与他作对，这么干总归还要舒服一些。

画圈人果然动手了。这次在巴黎的另一头，16 区的马里耶塔－

马丁小街上。该区警局花了好一段时间才来知会他们。他们不是特别熟悉情况，这个区在此之前从未受过蓝圈的折磨。

“为什么选这么一个新街区？”丹格拉尔问。

“为了向我们显示，尽管他已经画满了先贤祠周围，但他并不会受什么先验性的局限，不论有谋杀还是没谋杀，他对于整个首都地界都拥有他的自由和权力。类似于这样的意思，”阿当斯贝格嘟嘟囔囔地说。

“他在带着我们绕圈子，”丹格拉尔说着，用一根手指戳着额头。

昨天夜里，他连一时半刻都没坚持住，而且在喝完一瓶之后，又开了另外一瓶。压在他额头上的千斤重负几乎使他看不清东西。而最令他忧虑的是，阿莱特在早餐时没有对他说一句话。但阿莱特知道他眼下有一些担心，都集中在他银行近乎见底的账户、这不可能完成的侦查，以及新来警长起伏不定的性格上。也许她不愿更多地打扰他。这可就是她不了解了，丹格拉尔其实很喜欢听到她说：“阿德里安，你真是一个坏家伙。”因为在这一时刻，他能够确信自己是被爱着的。这是一种简单的感情，但却是真实存在的。

圆圈中心只有一个孤零零的东西，那是一个红色的塑料喷头。

“一定是从楼上的阳台掉下来的，”丹格拉尔说着朝上抬了抬鼻子。“这个喷头的样子可是有年头了。可为什么要圈起这个，而不是两米之外的那一包香烟呢？”

“您懂得名单规矩的，丹格拉尔。他很小心地选择着圈起的物品类型，它们不能是那些会飞走的物品。从来不会是一张地铁票，不会是一张纸或者一张纸巾，或者那些会在夜间被风吹走的东西。他想要确保圈起的东西在早晨还好好地待在原处。这就使人想到，他更多地关注他自己所给出的图像，而不是像勒内·韦科尔一洛里所说的那样，关注‘事物的重生本身’。否则的话，他就不该排除掉那些转瞬即逝的物品，因为从‘人行道的隐喻性重生’角度来看，它们和其他物品具有同等的重要性……但从画圈人的角度，一个在早晨空空如也的圆圈对他的创作将是一种侮辱。”

“这一回，”丹格拉尔说，“看来也不会有任何目击者了。这个街角附近没有晚间营业的电影院或酒吧。而且这里的人还倾向于早早上床睡觉。画圈人隐蔽得很好。”

一直到中午，丹格拉尔始终没放下压在额头上的那根手指。午饭以后已经好多了。他可以整个下午都和阿当斯贝格一起忙着安排今夜在巴黎巡逻的额外警力一事。丹格拉尔摇摇头，他问自己所有这些到底有什么用。但他明白，阿当斯贝格从早上一见到那个圈起就会这样做。

大约晚上八点钟时，一切都已就位了。但这座城市的地界实在太广，以至于监视网撒得过大。

“假如他够狡猾的话，”阿当斯贝格说，“他就能逃脱，这是显而易见的。而他当然够狡猾。”

“在力所能及的范围，我们当然会派人监视玛蒂尔德·弗雷斯蒂埃的房子了，对吗？”丹格拉尔问。

“是啊，”阿当斯贝格回答。“但让他们小心别被人发现，拜托了。”

他一直等到丹格拉尔走出去后才拨打了玛蒂尔德家的电话。他只是叫她今晚乖乖待在家里，既别刻意偷懒也不要跑去跟踪。

“只管信我就好，”他解释说。“别试图搞明白。说起来，雷耶在他家吗？”

“大概是吧，”玛蒂尔德说。“他又不是我的，我才没监视他。”

“克莱芒丝和您在一起吗？”

“没有。和往常一样，克莱芒丝欢天喜地地穿好斗篷出去赴一个颇有希望的约会了。这永远会按照一种一成不变的方式展开。她要么会在一个啤酒馆里一直等着那个家伙直到约定时间也没看到人，要么那个家伙刚一看到她就会直接抬腿离开。而无论是哪种情况，她都会愁眉苦脸地回来。前景一片惨淡。她晚上真不该这样做，她会一直忧伤的。”

“好极了。在明天到来以前都保持安分，弗雷斯蒂埃女士。”

“您在担心什么事情吗？”

“我不知道，”阿当斯贝格回答。

“一贯如此，”玛蒂尔德说。

* * *

阿当斯贝格决定这天晚上不离开警局。丹格拉尔选择陪他。警长默默无言地在膝头上涂涂画画，伸长的双腿架在字纸篓上面。丹格拉尔嚼着从弗萝朗丝抽屉里找出的陈旧太妃糖，为的是坚持不喝酒。

一名执勤警员在介于小车站和贝托莱街街角之间的王家港林荫大道上走过。一位同事则从戈布兰出发做着同样的事。

从晚上十点开始，时间足够他走十一个来回，这就使他不可抑制地去思考。还能做点儿什么？一个小时以来，他在林荫大道上已不再遇到很多人了。七月开始，巴黎已经开始走空。

现在，一个穿着皮夹克的年轻女人迈着稍有些不规则的脚步和他相错而过。她长得很美，或许是在回家的路上。马上就快凌晨一点一刻钟了，警员想要提醒她加快点儿步子。她给他一种弱不禁风的感觉，这使他为她担心。他跑着追上了她。

“小姐，您要去很远的地方吗？”

“不，”年轻女人说。“就去拉斯帕伊地铁站那边。”

“拉斯帕伊？这对我可不是什么可喜的消息，”警员说。“我想稍微护送您走一段路。接替我的同事只在瓦万区域内活动。”

那姑娘留着齐肩的头发。下巴的线条清晰又朦胧。不，他不想让人伤害她。但这个姑娘在夜色中显出平静的神色。她似乎十分熟悉城市的夜晚。

姑娘点燃了一支香烟。她对于身边的伙伴不是特别自在。

“可为什么呢？这边发生什么事了吗？”她问。

“夜里似乎不太平静。我陪同您走五十米一直到那边的尽头。”

“听您的，”姑娘说。

但显然她宁愿独行，所以他们默默无声地走着。

几分钟以后，警员任她转上了自己的小街，他又回到了他向着王家港大道小车站方向的道路上。他沿着这条林荫大道又走了一次，直到它跟贝托莱街相交的地方。第十二次。与那个女人交谈和护送最多花了他巡逻中的十分钟。但他认为这也是他工作的一部分。

十分钟。但这已经足够了。当他向又长又直的贝托莱街瞥去一眼时，他看到了人行道上的那个轮廓。

来了，他绝望地想，落在我头上。

他跑了过去。说不定那只是一团卷起来的地毯。但血一直流到了他脚边。他把手放在垂在地上的那条胳膊上。是温热的，刚刚发生没多久。这是一个女人。

他的对讲机嗞嗞啦啦地响着。他联络了分布在戈布兰、瓦万、圣雅克、科尚、拉斯帕伊和当费尔的他的同事，让他们彼此转告这一消息，同时不要离开他们的区域，并喝止他们所遇到的所有行人。但假如凶手是驾车离开的，他恐怕一定能逃掉。他不认为他离开自己的路线去陪伴那个年轻女人是犯了错误。他很可能拯救了那个有着漂亮下巴的姑娘的生命。

但他却没能救得了眼前的这一个女人。人生到底要期待怎样。死者的下巴已经难以辨认出来。警员独自一人、自我厌恶地调转了手电，向他的上级报了警，他等待着，手摸在他的手枪上。黑夜已经很久没有给过他如此大的冲击了。

当电话铃响起来时，阿当斯贝格抬起头转向丹格拉尔，但他并没有惊跳起来。

“发生了，”他说。

然后他接起话筒，咬着嘴唇。

“在哪儿？再重复一遍是哪儿，”一分钟以后他说。“贝托莱？但整个 5 区已经都塞满人了啊！仅王家港一个单位长度上就有四个人！到底是怎么发生的啊，混蛋？”

阿当斯贝格的嗓音提高了。他开了免提，以便丹格拉尔也能够听到对面警员的回答。

“我们在王家港只有两个人，警长。二十三点十五分左右在佳音地铁站发生了两辆列车相撞的事故。没有严重伤亡，但不少人不得不赶去了那里。”

“但应该稀释周边区域，把人派到5区去！我说了要严密监视5区街道！我说过了！”

“我这里无能为力，警长。我没有收到指示。”

这还是第一次，丹格拉尔看到阿当斯贝格几乎要发疯。没错，他们收到了佳音地铁站事故的警报，但他们两人全都认为5区和14区的人手不会受到影响。一定是有什么与之相违的命令，或者阿当斯贝格心意中的罗网并没有被高度执行。

“不管怎样，”阿当斯贝格摇着头说，“他总是会做的。无论在这里或那里，无论在这时或那时，他最终都是要完成这件事的。这是个魔头。我们没有办法，着急上火也没用。走吧，丹格拉尔，我们去现场。”

现场有闪烁灯、探照灯、担架和法医，第三次有一具被割喉的尸体擦着边缘倒在蓝圈的界线中。

“维克托，走背运，你在外面干什么？”阿当斯贝格小声嘟囔着。

他看着新的受害者。

“切口的手法和以前一样残忍，”法医说。“刀痕能够一直追踪到颈椎。用于切割的工具并不十分有力，但意图却很明显，我可以向您保证这一点。”

“知道了，医生，您为我们把这些都写出来吧，”阿当斯贝格说着看到丹格拉尔满脸是汗。“罪行是刚刚发生的，对不对？”

“没错，并且在一点五分至一点三十五分之间，假如警员报告准确的话。”

“您的路线，”阿当斯贝格说着转向那名警员，“是从这里到王家港广场的位置吗？”

“是的，警长。”

“发生了什么事？您不可能花费比二十分钟还多的时间走一个来回。”

“的确不能。但当我第十一次到达小车站口的时候，有一位姑娘单独经过。我不知道，您管这叫直觉也可以，我觉得应该一直把她送到她要去的那条路的街角。这并不远。我能够在整条路上同时看着王家港这边。我不想辩解，警长，我在我的职责下承担这个失误。”

“我们别在意这事了，”阿当斯贝格说。“不管怎么样，他总是会做的。您没发现什么与我们要找的比较相符的人吗？”

“没有。”

“区域中的其他人呢？”

“他们也什么都没注意到。”

阿当斯贝格叹了口气。

“您注意到这个圈了吗，警长？”丹格拉尔说。“它不是圆的。这太不可思议了，它竟然不是圆的。这条街的人行道太窄了，他不得不把它画成椭圆形的。”

“是啊，这一定令他很不爽。”

“但为什么不画到林荫大道的路面上去，既然他有整个广场的话？”

“毕竟是有太多警察了吧，丹格拉尔。这位女士什么身份？”

他又读了读身份证件，这是借着路灯的光亮从她包里面翻出来的。

“德尔菲娜·勒内尔莫尔，娘家姓维特吕埃尔，五十四岁。而这个，看来应该是她的照片，”丹格拉尔一边继续说，一边把手提包中的东西小心地腾空到一个塑料袋中。“她看上去很漂亮，有点儿像被人捧在手心里那种感觉。揽着她肩膀的这个男人应该是她丈夫吧。”

“不，”阿当斯贝格说，“不会。他没戴婚戒，但她却戴着。这或许是她的情人，一个更年轻些的家伙。这也解释了她为什么会把这张照片带在身边。”

“没错，我应该注意到的。”

“是天太黑了。来吧，丹格拉尔，我们上卡车去。”

阿当斯贝格知道丹格拉尔一眼都不能再多看那个被切开的脖子了。

他们分别坐到货车后部面对面的两条软长凳上。阿当斯贝格翻着一本从勒内尔莫尔女士包中找出来的时尚杂志。

“勒内尔莫尔这个姓，总让我感觉到什么，”他说。“但我却想不起来。您在她的地址簿里找一下她丈夫的名字，还有他们家的住址。”

丹格拉尔从那里面抽出一张有些破旧的名片。

“奥古斯丁—路易·勒内尔莫尔。他有两个地址，一个是法兰西公学院，另一个在9区的奥马勒街。”

“这还是让我感觉到什么，但我还是不太明白。”

“我倒是知道，”丹格拉尔说。“人们前段时间讨论过这个勒内尔莫尔，他是法兰西学院下铭文与美文学院一个院士席位的候选人。他是个拜占庭学者，”过了一会儿他又补充道，“还是个查士丁尼帝国问题研究专家。”

“不过您是怎么知道这些的，丹格拉尔?”阿当斯贝格从他的杂志中抬起头来说，他真心感到惊讶。

“唔。该说我对拜占庭的事有些了解吧。”

“可为什么呢?”

“我就是喜欢去了解，就是这样。”

“那关于这个查士丁尼帝国，您也喜欢去了解吗?”

“您就相信我，”丹格拉尔叹气。

“这个查士丁尼，他是什么时候的人?”

阿当斯贝格从不会因向别人询问他自己不知道的事而感到尴尬，即便是那些他理所应当知道的事。

“六世纪。”

“耶稣基督以前还是以后?”

“以后。”

“我开始对这个男人感兴趣了。来，丹格拉尔，我们去通知他妻子的死讯。我们这次的受害人好不容易有了一位很亲近的家庭成员，怎么都要好好利用起来，看看他是如何反应的。”

奥古斯丁一路易·勒内尔莫尔的反应很简单。当这个小个子男人在半睡半醒中听他们讲完之后，他闭上眼睛，把手放在肚子上，嘴唇周围都发了白。他跑出房间，丹格拉尔和阿当斯贝格听到他在房子里的某处呕吐。

“至少，有一点很清楚，”丹格拉尔说。“他十分受触动。”

“或者我们一按响对讲机后他就吃了催吐药。”

男人小心谨慎地走了回来。他在内衣外面披了一条灰色的睡袍，他还用水冲过了头。

“我们很遗憾，”阿当斯贝格说。“假如您希望等到明天再回答我们的问题……”

“不……不……你们说吧，我听着呢，先生们。”

这个小个子家伙想要保有尊严，而他也的确留住了，丹格拉尔注意到这一点。他的身子挺得笔直，他的额头宽阔，他难看的蓝色目光死死盯住阿当斯贝格不放开。他点燃了一只烟斗，问他们是否介意，说他实在是需要抽一口。

灯光昏暗，烟雾缭绕，房间里堆满了书。

“您研究拜占庭？”阿当斯贝格问道，朝丹格拉尔瞥去一眼。

“没错，”勒内尔莫尔有点儿吃惊地说。“您怎么会知道？”

“我是不知道。但我的同事认出了您的大名。”

“谢谢，您这样说真客气。但您能不能跟我说说她的事，我求您了？她……到底是怎么一回事？”

“等您再镇定一点儿，可以听我讲时，我们会再对您讲一些细节。得知她被杀害这件事本身对您就已经够痛苦了。我们是在一个蓝粉笔圈中发现她的。是在5区的贝托莱街。离这里很远。”

勒内尔莫尔点点头。他脸上的线条特别憔悴。他那模样真是太老了。看起来实在不怎么赏心悦目。

“维克多，惨运连，你为什么在外面？是那句话吗？”他低声问道。

“差不多，但不完全一致，”阿当斯贝格说。“您也知道画圈人做的那些事吗？”

“谁又不知道呢？对历史的研究并没给人留出一片不闻世事的净土，先生，即便人们当真希望如此。但简直叫人不敢相信，我和德尔菲，我们还一起谈到过这个怪癖者——我是说德尔菲娜，我妻子——就在上个星期。”

“你们为什么会谈起这件事呢?”

“德尔菲想要保护自己的安全，但是我，这个男人令我厌恶。他就是个哗宠取宠的人。可女人们却并没意识到这一点。”

“贝托莱街那么远。您的妻子是在她的什么朋友家里吗?”阿当斯贝格又说。

男人反应了好长时间。至少得有五到六分钟。丹格拉尔心里甚至在想，他是不是没有听清问题，或者他根本就是睡着了。但阿当斯贝格做了个手势示意他等着。

勒内尔莫尔又划了一根火柴，想让他的烟斗燃得更旺些。

“离哪里远?”他终于问。

“离她的家，”阿当斯贝格说。

“不，恰恰相反，离得很近。德尔菲住在蒙帕纳斯林荫大道，就在王家港边上。还需要向您进一步多说吗?”

“请您说说。”

“德尔菲离开我搬到她情人那里去住差不多已经有两年了。那家伙是一个一无是处的笨蛋，但您别因为我这么说他就相信我。等您有机会见到他时，您自己下判断。我只能说，真是不幸。结果我……我就只能独自一人……生活在这个巨大的空屋中……生活在这里面。像个傻子一样，”他做了个画圈的手势结束了这段话。

这番话听到丹格拉尔耳中，总感觉他的嗓音有一丝破碎。

“不管怎么说，您还是能见到她的吧?”

“这种事情我倒是很难避免的，”勒内尔莫尔回答。

“您嫉妒吧?”丹格拉尔并未含有特别心计地问了一句。

勒内尔莫尔耸了耸肩。

“您希望我怎样呢，先生，人是会习惯的。德尔菲东一点儿西一点儿地把我欺骗了十二年。人们总会发怒，但我还是住了手。到最后我再也分不清究竟是自尊还是爱在作祟，然后怒气渐渐变少，再然后我们最终能够共进午餐，既友好又悲伤。您把这一切都深深印在心底，先生，人们是不会把这些事写成一本书的，不是吗？德尔菲并不比别的女人更好，我也并不比别的男人更有勇气。我不愿意就这么彻底失去她。即便她变成这样我也接受。我承认，她的这个新情人，那个白痴，这里面很多艰难的东西要克服。仿佛还嫌不够似的，为了所有人中最最平淡无奇的庸人，她竟然还那么欢欣鼓舞毅然决然地搬出去住。”

他抬起双手，又任它们重重地落回腿上。

“好了，”他说，“这样的日子足够了。现在，一切都结束了。”

他闭起眼睛，又往他的烟斗里填了一些金烟草。

“我们不得不请您详述您在这一晚的安排。这是必不可少的，”丹格拉尔说，始终带着同一副单纯的样子。

勒内尔莫尔把他们两个人轮番地看了又看。

“我不明白。难道不是那个怪癖者他？……”

“我们什么也说不准，”丹格拉尔说。

“不，不，先生们，你们搞错了。我能从我妻子的死中得到的好处，就只有空虚和悲痛。然后，鉴于你们对此肯定也会感兴趣，我要说她的大部分钱——她很有钱——甚至这所房子都会留给她的妹妹。德尔菲是这么决定的。她妹妹成日里一副很拮据的样子。”

“尽管如此，”丹格拉尔重新说，“我们必须要知道您那时候在做什么。请您回答。”

“正如您所看到的，这栋楼的大门是安装对讲机的。没有门房。

谁又能向您证明我有没有说谎呢？总归……直到大约十一点钟时，我都在整理我来年的课程计划。您看，就在那边，桌子上的一摞。然后我就上床了，我读了会儿书，接着就一直睡到您来按我家门铃为止。没人能查实。”

“真糟糕，”丹格拉尔说。

阿当斯贝格这会儿任由他引导着对话的走向。丹格拉尔比他更加擅长那些令人不快的经典式提问。与此同时，他一刻也没有放过坐在他的对面的勒内尔莫尔的眼睛。

“我明白了，”勒内尔莫尔说，同时用烟斗温热的斗腹磨着他的前额，这个动作中饱含了无尽的苦闷。“我明白了。丈夫被骗，受辱，更加吃香的那个新情人从我手中夺走了我妻子……我明白您的逻辑了。我的老天……但你们难道永远都得是这么简单粗暴吗？你们就不能往别处想一想？想得更加复杂一点儿？”

“会的，”丹格拉尔说。“我们会的。但您的位置敏感这也是事实。”

“的确，”勒内尔莫尔承认道。“但我希望对于我的立场您可不要误判。我在想我们是不是以后再另外约见一下？”

“周一吧？”阿当斯贝格提议道。

“那就定周一吧。而且我也认为对于德尔菲来说，我已然什么也做不了了。她现在在你们手上吗？”

“是的，先生。我们很抱歉。”

“你们要解剖她验尸吗？”

“我们很抱歉。”

丹格拉尔沉默了一分钟没说话。当被提到验尸的话题时，他总是会沉默上一分钟。

“在周一会面时，”他接着说，“请您想好您在6月19日星期三以及6月27日星期四这两个晚上的活动内容。这是之前两起谋杀发生的时间。我们会向您提出这个问题。除非现在您就可以回答我们。”

“没必要再花时间去想了，”勒内尔莫尔回答。“答案简单又令人悲伤：我从没出过门。我每天晚上都在写作。我的房中再没住过别的人能向您证实这一点，而且我也极少与邻居们接触。”

所有人都不禁点了点头，没人说得清为什么。总是会有像这样的时刻，所有人都不禁点头。

这一夜就这样结束了。阿当斯贝格看着拜占庭学者眼皮上的疲倦，他带着温柔站起身来，做出了告辞的动作。

* * *

第二天，丹格拉尔离开家时胳膊下面夹着勒内尔莫尔十一年前或更早时出版的一本书：《查士丁尼治下的思想与社会形态》。可惜这是他从书架上所能找到的全部了。封底上有一段简短的作者生平介绍，并配以一张照片。照片上的勒内尔莫尔微笑着，更加年轻，相貌始终那么难看，要不是一口牙颇为整齐之外，实在没什么特别之处。昨天，丹格拉尔注意到这位吸烟者喜欢用烟斗的嘴管磕牙齿的小毛病。夏尔·雷耶会说这是平庸的观察。

阿当斯贝格没在警局。他应该已经去了那个情人的家中了。丹格拉尔把书放在警长的办公桌上，意识到他是想以私人藏书的内容给对方留下深刻印象。但这肯定是徒劳的，因为他现在已经知道几乎没有什么事情是能够打动阿当斯贝格的。随便啦。

这天早上丹格拉尔的脑袋里只想着一件事：那就是了解一下玛蒂尔德的房子里在昨夜都发生了些什么事。马尔热隆一直密切地监视着他们，他现在正等着向丹格拉尔汇报完，好回去睡觉。

“有人出也有人进，”马尔热隆说。“我按照吩咐，直到今天早上七点三十分以前都蹲守在房子正面。海洋的高贵女士没出门。我想她是在大约午夜十二点半时熄灭了客厅的灯，半小时以后又熄了卧室的灯。但是瓦尔蒙老太太是在三点五分时踉踉跄跄地回来的。她闻起来一股酒臭味，真够讲一本书的。我问她发生了什么事，她就哭了。这老太太一点儿都不好玩。真是个灾难！最后，我好不容易才了解到，她整晚都在一个啤酒馆里等一个约会者。那男人没来，她就用喝酒来使自己坚强，喝到后来她就在桌子上睡着了。老板把她叫醒，将她赶了出去。我觉得她应该有点儿难为情，但她实在是醉得太厉害，情不自禁地把一切全都说了出来。我问不出来那个啤酒馆的名字。本来想要从这一锅粥的脑袋里找出一个线索就已经挺费劲了。最后她有点儿烦我了。我架着她的胳膊一直把她送到她家门口，然后我就放她自己去苦恼了。然后今天一早，她就带着一个小箱子又出门了。她认出了我，没有表现出一丝惊讶。她向我解释说她已然‘受够了小启事’，她要到勒贝里她的一个女裁缝朋友那里去住上三四天。她根本接不到什么裁缝活儿，她还这么说道。”

“雷耶呢？他有什么动静？”

“雷耶的确动了。他在晚上大约十一点时盛装打扮地出门了，凌晨一点半时他像出发时一样高贵地回来，把他的手杖敲得梆梆响。我能向克莱芒丝提问题，全得益于她不认识我，但在雷耶身上就不可能了。他认得我的声音。我于是就一直留在藏身处记录着他进出的时间。不管怎么说，他不太可能会发现我，不是吗?”

马尔热隆笑了。他当真是个傻瓜。

“给我接他的电话，马尔热隆。”

“雷耶吗?”

“当然是雷耶。”

夏尔一听到丹格拉尔的声音就笑了起来，丹格拉尔不太理解是为什么。

“好啊，”夏尔说，“我从广播里听说你们又有新麻烦了，丹格拉尔警探。最好不过。你们始终还是想抓我吗?没什么其他的点子了吗?”

“您昨天晚上出去干什么了，雷耶?”

“猎艳，警探。”

“去哪儿猎艳。”

“新王宫。”

“有什么人能证明吗?”

“没人!这种夜总会里面全都是人，根本没人会注意到谁，这您知道得很清楚。”

“您在嘲笑谁，雷耶?”

“您啊!您这通来电让我觉得好笑。那个可爱的玛蒂尔德管不住自己的嘴，她告诉我警长建议她整夜都乖乖待在家里。我推测你们预见到了一些混乱。于是我就找了个绝佳的机会溜了出去。”

“可为什么要这样，可恶?您难道认为这样能使我的工作变得简单吗?”

“这不是我的意图，警探。你们从这件事的一开始就招我心烦。

看起来是这回该轮到我反击了。”

“总之，您出门去就是为了让我们心烦。”

“差不多是的，因为啊，姑娘的话，我是一个都没碰。知道您心烦了我真是高兴。你知道，真心地高兴。”

“可为什么？”丹格拉尔又问。

“因为我就是靠这个来活的。”

丹格拉尔愤怒地挂上电话。除玛蒂尔德·弗雷斯蒂埃以外，住在长老街这栋房子里面的人没有一个在昨夜是好好待着的。他打发马尔热隆回家去后就开始着手研究德尔菲娜·勒内尔莫尔的遗嘱问题。他希望能够确认她留给她妹妹的遗赠。两小时过后，他终于了解到根本就没有所谓的这份遗嘱。德尔菲娜·勒内尔莫尔从来就没有写下过任何的安排。最近的日子一直是这样，所有的东西都不翼而飞。

丹格拉尔在他的办公室里走来走去，又一次想到了太阳，这颗傻缺的星星，四十到五十亿年之后它就会爆炸，而他不理解为什么这一爆炸总是让他感到这么的沮丧。他宁愿献出他的整个生命来换取五十亿年之后的太阳能够依然这么好好地待着。

阿当斯贝格在大约正午时分回到警局，他对丹格拉尔提议跟他一起去吃午饭。这事儿可不常见。

“拜占庭学者引火烧身了，”丹格拉尔说。“在遗产的问题上，他要么是搞错了，要么就是撒谎：根本就没什么遗嘱。这就使一切都归了丈夫。这里面有有价证券、数以公顷计的森林、四栋位于巴黎的大楼，这还不算他现在住的这栋房子。这家伙自己连一个子儿都没有。只有他身为教授的那点儿薪水以及几本书的著作权。想象一下他妻子如果离婚的话，这些可就全都飞了呀。”

“是这么回事，丹格拉尔。我见到那个情人了。就是照片上的那家伙。他还真是身量大脑子小。此外他还是个草食性的，并且以此为傲。”

“那个叫素食主义，”丹格拉尔建议着。

“就是这个，素食主义。他和他弟弟一起经营了一家广告公司，他弟弟也是个草食性的。他们俩昨天一起工作了整个晚上，一直到凌晨两点。他弟弟可以证明。所以他就被排除了，当然除非他弟弟撒谎。但是情人对德尔菲娜的死讯显得很绝望。他推动她离婚，不仅仅是因为勒内尔莫尔妨碍了他，更是因为他希望使德尔菲娜脱离这种他称之为被压榨的状态。奥古斯丁－路易似乎始终在驱使她为其工作，叫她校读和打出他的所有手稿，让她分类他的笔记，而对此德尔菲娜一句话也不敢说。她虽然解释说这事是经过她认可的，说这能叫她‘锻炼一下头脑’，但情人却断定事情并非如此温和，还觉得她早晚会因为担惊受怕而死在她丈夫面前。不过德尔菲娜最后几乎下定了决心要提出离婚。她希望至少能够和奥古斯丁－路易讨论一下。没人知道她到底做了没有。该说这两个男人之间的敌对是显而易见的。如果能把勒内尔莫尔给摆上一道的话，那个情人估计不会不乐意的。”

“所有这些有可能都是真的，”丹格拉尔说。

“我也这么想。”

“勒内尔莫尔在三个凶杀之夜都没有不在场证明。假如他想在他妻子反抗之前就摆脱她的话，他可以抓住画圈人提供给他的机会。他自己对我们说他没什么勇气。说他不是会冒险的那种人。这样好把矛头指向怪癖者，他随机犯下两桩谋杀，给人造成这是一个连环案的感觉，然后他杀了他妻子。游戏就玩完了。警察都去找画圈人，没人打扰他的清静。然后他就能继承遗产了。”

“陷阱够大的，是不是？真把警察都当成傻子了。”

“一方面，人们在警察队伍里遇到的傻子和在其他各处遇到的一样多。另一方面，一部分精英的确能凭借趣味找出一些手段。我承认勒内尔莫尔并没长着一张精英的脸。但人们总是会有智慧上的衰落。这是会发生的。尤其是当人们策划一起狂热的计划时。那么德尔菲娜·勒内尔莫尔又怎么样？她那个时间点到底在外面干什么呢？”

“他情人说她本应该整个晚上都留在家中的。他回到家时发现她不在也很吃惊。他心想她可能是到贝托莱那家深夜还开着的香烟店买烟去了。她受不了的时候就经常到那边去。过了一会儿，他猜测一定是她丈夫又给她打电话了。他不敢打给勒内尔莫尔，于是就睡觉了。是我今天早上去的时候才把他给叫醒。”

“勒内尔莫尔应该能够在大约午夜时发现画好的圈。他随后去叫她妻子出来并在广场上割了她的喉。我猜测勒内尔莫尔干得一定很匆忙。您怎么想？”

阿当斯贝格把面包碎屑撒得盘子周围都是。丹格拉尔则揪着一颗心，吃得十分小心。

“我怎么想的吗？”阿当斯贝格抬起头说。“我没什么想法。我啊，我在想画圈人呢。您得开始好好地了解了解他，丹格拉尔。”

* * *

对奥古斯丁—路易·勒内尔莫尔的拘留和不间断询问开始于周

一早上。丹格拉尔毫不客气地对他展开攻势。

阿当斯贝格没有干涉丹格拉尔，后者不留情面地碾压着他的目标。老男人似乎就要招架不住。他每一次辩白的尝试都会立即被丹格拉尔尖锐的话语顶回去。但阿当斯贝格同时也清楚地看到，丹格拉尔对他的受审人其实挺难下手。

阿当斯贝格就丝毫都没有这样的感觉。他对勒内尔莫尔有一种无端的厌恶，而他一点儿也不想让丹格拉尔问他这是为什么。所以他就保持什么都不说。

丹格拉尔一审就是好几天。

阿当斯贝格时不时地来到丹格拉尔的办公室瞧一眼。老男人被针对他的指控折磨得走投无路，战战兢兢，眼看着已经失去了判断力。他连最简单的问题都回答不好了。不，他不知道德尔菲没有写遗书。他始终相信一切都留给了她妹妹克莱尔。他挺喜欢克莱尔的，她独自一人苦苦挣扎在抚养三个孩子的生活中。不，他不知道发生谋杀的那些夜晚他在做什么。他一定是像所有晚上一样工作完了就睡觉的。丹格拉尔冷冰冰地反驳他：马德莱娜·夏特兰被杀的那一晚，药房的女药剂师在值班。她看见勒内尔莫尔从家里出来。备受打击的勒内尔莫尔解释说这是有可能的，他有时候会在晚上出去到自动售货机那里买上一包香烟："我会剥去卷烟纸，把烟草填入我的烟斗。德尔菲和我总是抽得很凶。她，她试图戒掉。而我，我没有。这座大空屋里真是太过孤独了。"

他再一次崩溃状地做了几个画圈的手势，但他的眼神还是排除万难地尚存着一丝理智。作为法兰西公学院的教授，他已然一无所有，除了他老好人般的一脸傻相，以及视常识于不顾地竭力逃脱那似乎难以避免的定罪。他估计重复了有一千遍："但这不可能是我啊。我爱德尔菲。”

越来越失控的丹格拉尔持续不断地施压，不放过任何一个会让他成为嫌疑的事实。他甚至放任记者们掌握一些信息并把它们做成头条新闻。老人几乎不碰他们端来的饭菜，尽管偶尔懂得显出温柔的马尔热隆会对他安慰几句。即便当拘留结束，他回到自己家中去睡觉后，他也不再刮脸。看着他退缩得这么快，阿当斯贝格感到很吃惊，这个老人在自我辩解上几乎有一个可恶至极的头脑。他还从来没见过这么迅速的消沉呢。

周四的时候，疯疯癫癫的勒内尔莫尔当真已经双腿抖个不停了。预审法官宣布了对他的指控，由丹格拉尔向他传达了这一决定。勒内尔莫尔一言不发地沉默了好长一会儿，就像在他家中的那一夜，好像他在反复权衡着利弊。阿当斯贝格以同样的方式示意丹格拉尔不要以任何理由去打断他。

之后勒内尔莫尔说：

“请给我一支粉笔。蓝色的粉笔。”

由于大家都一动不动，他找回了一些尊严，继续说道：

“快一点儿。我需要一支粉笔。”

丹格拉尔跑出去在弗萝朗丝的抽屉中找到了一小截粉笔。人们总是能在那里面找到所要的东西。

勒内尔莫尔以一副虚弱者谨慎小心的方式站了起来，拿过粉笔。他站在白墙面前，又花了些时间来思考了一小会儿。接着，他飞快地用硕大的字母写下：维克托，走背运，你在外面干什么？

阿当斯贝格一动没动。他从昨天起就在等着这一刻。

“丹格拉尔，去找一下默尼耶，”他说道。“我想他就在隔壁。”

丹格拉尔走后，画圈人把他的脸转向阿当斯贝格，好像要把他瞪穿一样。

“您好啊，”阿当斯贝格这样对他说道。“我找了您好久了。”

勒内尔莫尔什么都没回答。阿当斯贝格注视着他脸上不悦的表情，他在这一招认下重新找回了坚定。

笔迹学家默尼耶跟在丹格拉尔的身后走进办公室。他打量着占满了整面墙宽度的巨大字迹。

“对您的办公室来说真是份漂亮的纪念品，丹格拉尔，”他嘀咕着说。“是的，就是这个笔迹。它是不可能被模仿的。”

“谢谢，”画圈人说着，把粉笔还给了丹格拉尔。“假如你们需要，我还会带来其他证据。我的记事本，我夜晚出门的时间，我的打满叉子的巴黎地图，我的物品清单，所有你们想要的，应有尽有。我知道我太奢求了，但我很希望一切都保留在不公开的状态。我希望我的学生、我的同事，他们永远不知道我是谁。我猜这是不可能的。到头来，这一切现在都改变了，不是吗?”

“没错，”丹格拉尔承认道。

勒内尔莫尔站起来，找回了一些力气，并接受了一杯啤酒。他在办公室内从窗口走到门边，来回来去地经过他那巨大的涂鸦。

“我别无选择，只能跟你们讲了。曾经有太多压力指向我。但如今不一样了。假如我有心杀死我妻子的话，你们很容易想象我是不会把她拖到我自己的一个圈中的，甚至都没考虑到要改变一下笔迹。我希望我们都同意这一点。”

“现在，没必要期待学院的那个席位了。也没必要准备我来年的课程了。学校不会再要我了，这很正常。但我没有选择。不管怎样，我猜我在这交换中还是占了便宜。现在该轮到你们去理解剩下的东西了。是谁利用了我？从第一具尸体被发现躺在我的一个圆圈中时，我就试图去理解，我在这个恶意的陷阱中挣扎。当我得知第一起谋杀的消息时，我吓坏了。我已经对你们说过了，我并不比其他男人更有勇气。坦诚地说，我要胆小得多。我折磨着我的精神，努力去理解。是谁做了这个？谁尾随了我？谁把那个女人的尸体放在了我的圈中？而假如几天以后我继续画圈的话，那可不是像媒体所说的那样，是在向你们挑衅。不，远不是那样。我是希望能找出谁在跟着我，辨认出那个凶手，从而为自己洗脱嫌疑。我花了几天时间才做好这个决定。本来在夜里让自己独自一人被一个杀人犯跟随就是件很令人犹豫的事，更何况还是一个像我这样胆小的人。但我知道一旦你们堵截到我的话，我没有任何机会可以逃脱对谋杀的指控。这正是凶手所预见到的：把我变成他的替罪羊。于是，这场战斗变成了他与我之间的较量。这是我人生中第一场真正的战斗。从这个方面来讲，我没什么遗憾的。我唯一没有料到的，是他竟然把我自己的妻子牵扯了进来。您来访后的那一整夜里，我都在想他为什么要这样做。我只找到了唯一一种解释：警察还没有发现我是谁，这与凶手的计划相违背。所以他才做了这个，谋杀我的德尔菲，这样你们就会追查到我，这样你们就会把我抓起来，而他就会平安无忧了。有可能是这样，不是吗？”

“有可能，”阿当斯贝格说。

“但他的错误就在于，您的任何一位精神科医生都会说我是拥有健全理智的。一个神经官能症者或许的确会在杀人两次之后，最终瞄准自己的妻子。但那不是我。我没疯。而且我永远也不会把德尔菲杀死在我自己的圈中。德尔菲。假如要是没有我那些可恶的圆圈，她就还会活着，德尔菲啊。”

“假如您有健全理智的话，”丹格拉尔问，“那为什么还要画这些可恶的圆圈?”

“为了让这些被丢弃的东西属于我，它们应该感激我。不对，我没解释好。”

“没错，因为我没听懂，”丹格拉尔说。

“算了，”勒内尔莫尔说。“我会试图写下来的，那样说不定更简单点儿。”

阿当斯贝格心里想着玛蒂尔德的那句描述：“一个贪求能力却没有能力的小个子男人。他会怎么办?”

“找到他，”勒内尔莫尔绝望地继续说。“找到这个凶手。您相信您是能找到他的对吗？您相信吗?”

“假如您帮助我们的话，”丹格拉尔说。“比如，当您外出时，您发现有什么人跟着您吗?”

“不幸的是，我没能为您看到什么特别细致的东西。一开始，两到三个月前，有个女人跟着我。当时还没有发生第一桩谋杀案，这就没有引起我的担心。但我发现她特别奇怪，同时也很好心。我有种感觉，她在远远地支持着我。起先我还提防着她，后来我反倒挺喜欢有她在场的。但该怎么对您描述她呢？我想她的褐色头发颜色很深，个子相当高，长的样子很美，已经不算年轻了。我给不出更多细节，但这是个女人，这一点我敢肯定。”

“是啊，”丹格拉尔说，“我们认识她。您看见过她多少次?”

“有十多次。”

“自从第一桩谋杀案往后呢?”

勒内尔莫尔犹豫着，像是在厌恶又唤起了这一记忆。

“有，”他说，“我有两次看到过什么人，但不再是那个褐发女人。是另外一个人。因为我很害怕，我几乎不敢转身去看，我画完我的圈后就立即跑掉。我没勇气把我的计划进行到底，也就是说转过身去追上他，看看他的脸。这是一个……小小的身影。很奇怪，难以形容，不像男的也不像女的。您看，我什么也不知道了。”

“您为什么总是带着一个大书包？”阿当斯贝格插话说。

“我的包里，”勒内尔莫尔说，“装着我的稿子。我画完圈后，会尽可能快地到达地铁。我太过紧张，因此我需要阅读，把自己重新投入到我的笔记中，重新恢复成教授。我不知道怎样才能解释得更好。你们现在要对我做什么？”

“您很可能会是自由的，”阿当斯贝格说。“预审法官不会冒裁判错误的风险。”

“显然，”丹格拉尔说。“现在一切都改变了。”

勒内尔莫尔好多了。他要了一支香烟，把它拆开填在自己的烟斗里。

“这就是走个形式，但我希望无论如何拜访一下您的住处，”阿当斯贝格说。

丹格拉尔由于从来没见过阿当斯贝格居然会为了走形式而花费时间，因此困惑地看着他。

“您想来就来吧，”勒内尔莫尔说。“但您想找什么呢？我对您说了我会把一切证据都带来的。”

“这我都清楚。我相信您。但我不是去找一些看得见摸得着的东西。此外，您需要把这一切都跟丹格拉尔再说一遍，作为您的证词。”

“坦白说，警长。作为‘画圈人’，我会面临什么危险？”

“在我看来没什么大事，”阿当斯贝格说。“严格来说，您既没有引起夜间骚乱，也没有破坏公共场所秩序。另一个人受您启发想出谋杀的点子，这不能怪在您的头上。我们不能总为给他人提供了灵感而负责。您的怪癖引起三个人死亡，但这不是您的错。”

“我没想到会是这样。我真抱歉，”勒内尔莫尔喃喃地说。

阿当斯贝格一言不发地走了出去，丹格拉尔很不满意他没有给予男人更多点关怀。他只看到警长在施展他诱惑的魅力，丧失对陌生人甚至愚笨者的同性心。今天一天，他都没拿出一点儿人性关怀给予这个老人。

* * *

第二天早上，阿当斯贝格要求再见一次勒内尔莫尔。丹格拉尔很不乐意。他希望谁都别再碰老人。而阿当斯贝格选在最后一分钟才传唤他，这样他就在过去那么多天里只参与了这么一下下。

于是勒内尔莫尔又被叫来了。他消沉地走进警局，甚至有一点儿颤颤巍巍的，而且很苍白。丹格拉尔观察着他。

“他变样了，”他对阿当斯贝格叹着气说。

“这我倒不知道，”阿当斯贝格回答。

勒内尔莫尔屁股尖贴着椅子轻轻坐下，请求抽他的烟斗。

“我昨晚好好想过了，”他边说边在他的口袋里翻找着火柴。“甚至想了一整夜。而现在我不在意所有人知道我的真相了。就按照媒体给我起的名字，我接受画圈人这个可悲的人物是属于我的一部分。起初，在我刚开始干的时候，我感觉就此掌控到一种巨大的能力。事实上，我猜我既虚荣又可笑。接着一切都变质了。出现了那两起谋杀。还有我的德尔菲。我希望对这一切视而不见又有什么好的呢？我企图对他人隐瞒这个身份，来好歹修补总归已经被我浪费和糟蹋掉的未来，这样又有什么好的呢？不。我曾经是画圈人。就活该如此吧。因为这一切，用韦科尔－洛里使用的词来讲，因为我的‘侵占’，出现了三个死者。还有德尔菲。”

他把头埋在双手中，丹格拉尔和阿当斯贝格默默等待着，都没有看向彼此。接着，老勒内尔莫尔像个流浪汉那样用他雨衣的袖子抹了抹眼睛，好像他抛弃掉了多年以来建立的所有威严。

“因此，我没必要再请求您对媒体撒谎，”他努力继续说道。“我觉得，我最好还是要试着承认我的这个身份和我所做过的这些事，而不是挥舞着这个愚蠢的教授书包，把自己隐藏在它的后面。但既然我很懦弱，我更希望能离开巴黎，现在一切都要公之于众了。您知道，我在街上遇到太多熟悉面孔。如果您能给我许可，我想远避到我在乡下的家中。我真怕乡下啊。我在那儿给德尔菲买了房子。它能为我提供庇护。”

勒内尔莫尔偷瞄着他们的答复，用烟斗肚磨着他的脸，表情焦急又可怜。

“您完全能得到这一权利，”阿当斯贝格说。“把您的地址留给我，这就是我向您要求的唯一东西。”

“谢谢您。我希望能在两周以后安顿好。我会变卖一切。拜占庭，结束了。”

阿当斯贝格又经过一段新的沉默，然后开口问道：

“我猜，您没有糖尿病吧？”

“这真是个奇怪的问题，警长。不，我没有糖尿病。这对您……很重要么？”

“相当重要。我要麻烦您最后一次，不过是为了一个傻问题。然而这个傻问题怎么也找不到解释，所以我希望您来帮助我。所有目击过您的证人都说，他们在您的行踪路线上闻到了一种气味。有些人说是烂苹果味，另一些人则说是醋或者利口酒味。我一开始觉得您是患有糖尿病，您或许知道，得这种疾病的人会散发出一种轻微的发酵味道。但这却不是您的情况。对我来说，您闻起来只有金烟草的味道。所以我猜想这股气味可能来自于您的衣服，或者是放衣服的柜橱。我昨天在您家闻遍了所有的壁柜、衣柜、衣箱、抽屉，以及所有的衣服。什么都没有。只有老木头的味、织染物的味、烟斗和书的味，当然还有粉笔味，但是没有酸味，没有发酵味。我失望极了。”

“我该跟您说什么呢？”勒内尔莫尔目瞪口呆地问。“您的问题到底是什么？”

“您，您该怎么解释这个？”

“可我不知道啊！我从来都没有注意过这种味道。得知这种事甚至挺丢人的吧。”

“我倒有一种解释。这是从别处来的气味，来自别处的一个柜橱，不是您家，而是您存放您画圈人衣物的地方。”

“我画圈人的衣物？但我没有穿特别的衣服啊！我还没疯狂到特意为这种场合准备一套专门的服装！没有啊，警长。再说，您的目击证人一定也对您说了我的穿着普通，就和今天一样。我差不多从来都是同样的打扮：一条法兰绒长裤、一件白衬衫、一件斜纹外衣，和一件风雨衣。我几乎从不穿成其他的样子。我是得有什么样的嗜好，才非要穿着一件斜纹外衣从家中出来，在‘别处’再换上另一件斜纹外衣不可，而且还不好闻？”

“我也是这么问自己的。”

勒内尔莫尔又一次露出可怜兮兮的表情，丹格拉尔再次对阿当斯贝格不满了。能做的都已经做了，警长也没必要非得如此恶意地来折磨人呀。

“我很想帮助您，”勒内尔莫尔的嗓音几乎都发颤了，“但这个，我真的难以回答您啊。我也不知道这个气味究竟是怎么回事，而且为什么它这么有趣。”

“如果找到原因的话，也许就不有趣了。”

“说不定是在行动中太激动了吧，因为这些圈带给我太大的情绪，说不定我会发出一种‘害怕的气味’。这总归是可能的吧。说不定会有这种情况。当我随后登上地铁时，总是全身都被汗水湿透。”

“没关系，”阿当斯贝格边说边在桌子上涂画，“忘了它吧。看来我的想法太固执，也太荒谬了。我这就放您走，勒内尔莫尔先生。我希望您在乡下找到安宁。有时候，我们是能找到的。”

乡下的安宁！丹格拉尔气得叹出了声。今天早上警长身上的一切都令他生气，他毫无道理的拐弯抹角，他莫名其妙的逼问，还有他最后的大俗套。他真想现在立刻就去喝一杯白葡萄酒。太早了。这实在是太早了，坚持住，可恶。

勒内尔莫尔对他们露出一个悲惨的笑容，丹格拉尔试图紧紧握住他的手来安慰他。但是勒内尔莫尔的手却软绵绵的。他晕头转向了，丹格拉尔想。

阿当斯贝格起身目送勒内尔莫尔在走廊上走远，带着他的黑书包，脊背弯曲，比以往任何时候都更加消瘦。

“可怜的家伙，”丹格拉尔说，“他被整惨了。”

“我比较希望他是有糖尿病，”阿当斯贝格说。

* * *

阿当斯贝格用早上剩下的时间来阅读《查士丁尼治下的思想与社会形态》。丹格拉尔由于和画圈人之间的斗争，几乎和他的受审人同样筋疲力尽，因此他希望阿当斯贝格能够最终停止想这件事，并以另一种方式来重新展开调查。他感到自己满脑子都是奥古斯丁—路易·勒内尔莫尔，对他的作品根本都读不下一行。他感觉似乎能从每一个词中看到拜占庭学者迷茫的表情和直勾勾的丑陋蓝眼睛向他靠了过来，谴责着他的顽固。

丹格拉尔在大约一点时过来找他。阿当斯贝格仍旧在阅读。他想起警长曾经解释过他是逐字逐句地读所有词的。即使听到丹格拉尔进来，阿当斯贝格也没抬头。

“您还记得在勒内尔莫尔夫人包中发现的那本时尚杂志吗，丹格拉尔?”

“就是您在卡车里翻过的那本？它现在应该还在实验室。”

阿当斯贝格打电话叫人把这本杂志给他送下来，假如他们已经对它检查完毕了的话。

“您在介意什么呢?”丹格拉尔问他。

“我不知道。现在至少有三件事令我很介意，烂苹果气味、热拉尔·蓬蒂厄医生，以及这本时尚杂志。”

过了一会儿，阿当斯贝格又把丹格拉尔叫来。他的手里拿着一张小纸片。

“这是列车时刻表，”阿当斯贝格说。“五十五分钟之后有一辆列车出发去往马西伊，那是蓬蒂厄医生的故乡。”

“您想把这位医生怎么样啊？”

“我想知道他是一位男人。”

“我们还在谈论原来的故事吗？”

“我跟您说过，丹格拉尔，我动作太慢。您觉得您能赶上这趟列车吗？”

“今天吗？”

“求您了。我想了解这位医生的一切。您到那边去找到儿时认识他的人，在他还没有来到巴黎开诊所之前。您去询问他们。我想知道。所有的事。某些事被我们忽略了。”

“但假如您对您在找什么一点儿也不知道的话，您又如何期待我去询问这些人呢？”

阿当斯贝格摇着头。

“去吧，见人就去把他们问个遍。我对您有信心。别忘了给我打电话。”

告别了丹格拉尔，阿当斯贝格一脸深沉地下楼去随便吃点儿东西。他在去国家图书馆的路上嚼着他冰冷的午餐。

在图书馆入口处，他的黑色旧麻布裤子和挽到胳膊肘的衬衫没给人留下什么好印象。他出示了他的证件，说他要查询奥古斯丁－路易·勒内尔莫尔的全部作品。

* * *

丹格拉尔于 18 点 10 分到达马西伊火车站。白葡萄酒时间就从小酒馆开始啦。马西伊共有六家咖啡馆，他把它们全都转了个遍，他遇到很多能谈谈热拉尔·蓬蒂厄的老人。但他们都没对丹格拉尔讲出任何有意思的事来。他们不太愿意回顾热拉尔年轻时的生涯，看来他身上没有什么闪光点。在丹格拉尔看来，去调查他作为医生的生涯才是更为恰当的。谁知道呢，说不定会有一次安乐死实施，会有一个误诊……可能会冒出很多东西。但这都不是阿当斯贝格所要求的。警长派他来的这个地方，没有一个人知道蓬蒂厄在二十四岁以后发生的事。

大约晚上 10 点时，他还在马西伊独自转悠，被本地葡萄酒灌得大醉也没有打听到任何消息。他不想就这么两手空空地返回巴黎去。他要再努力一把，但是不得不留在这里过夜并没让他感到有多欣喜。他打电话给孩子们亲吻他们。然后他来到最后一家咖啡馆老板提供给他的地址，在这里他能在寄宿家庭找到一个房间。房东是一位老太太，她又给丹格拉尔端来一杯本地葡萄酒。丹格拉尔感觉到，在她那苍老而很有活力的目光注视下，他愿意吐露一切烦恼。

*　*　*

玛蒂尔德没跟任何人讲，但她整整一周来都心情郁闷。一开始，当她听到夏尔在凌晨一点半才回来、醒来后得知又有一个女人被谋杀的消息时就已然没什么欣喜了。毫无收敛的是，夏尔第二天又整整冷笑了一个晚上，像一个坏蛋那么讨人厌。她忍无可忍把他撵出家门，叫他恢复平静以后再来见她。令她困扰的是，试图躲着他也根本没用，反正他又什么都看不见。至于说到克莱芒丝，她在同一天的半夜泪流满面地回来了。彻底被击垮了。玛蒂尔德花了一个小时愁眉苦脸地善后这件事。接着，精神崩溃的克莱芒丝同意转换一下心情，她要暂停小启事。那些小启事太沉重了。玛蒂尔德立即答应了她，放她去刺鱼收拾她的行李，并在离开前稍作休息。她求之不得，因为当她在早上听到克莱芒丝出发、小心翼翼走在楼梯上努力不去吵醒她的时候，她心想：我可以解脱四天。克莱芒丝答应在周三时回刺鱼，来完成她那些已经开始的分类。她预计她的裁缝女友可能不会愿意留她一起住很久。老克莱芒丝，她相当有自知之明。说起来，她到底有多大年岁了呢？玛蒂尔德心想。六十，七十，也许还要更大些。但她的眼睛阴暗，周围红红的，还有那尖尖的牙齿，这都给估算造成了困难。

在这一周当中，夏尔继续把那种险恶的表情挂在他那张俊脸上，而克莱芒丝也没有按照说好的时间返回。分类到一半的幻灯片堆在桌子上。是夏尔首先提出这令人担忧，但假如这个老太太在火车上随便跟上了什么男人，最终造成被杀的话，似乎也不是一件太糟糕的事。玛蒂尔德做了这样一个短短的噩梦。到了周五晚上，还是没看到鼩鼱回来，她几乎就已经下定决心找人并给那个女裁缝打电话了。

然后克莱芒丝突然回来了。“见鬼，”夏尔说，他正坐在玛蒂尔德的长沙发上，用手指尖抚过一本布莱叶盲字书。玛蒂尔德总算松了一口气。但当她看到他们两人走进她的房间，他，光彩照人地摊开在她的沙发床上，把他白色的手杖丢到地毯上，而她，脱掉她的尼龙大衣，却仍然在头上戴着她的软帽时，玛蒂尔德觉得她这所房子中有什么东西不大对劲。

* * *

阿当斯贝格在早上九点看到丹格拉尔抵达他的办公室，虽然一根手指压在额头上，但实际上却一脸兴奋。他把自己高大的身躯摊在扶手椅中，长长地出了一口气。

“对不起，”他说，“我得喘口气，我是跑着回来的。我今天早晨在马西伊乘的头班列车。根本联系不上您，您没在自己家睡觉。”

阿当斯贝格摊开双手，像是在说：“您想要我怎么样呢，我们又不是每次都到床上去寻找对方的。”

“我投宿那家的房东老夫人是个天才，”丹格拉尔在两次大喘气之间说，“跟您的那位医生很熟识。熟识到他会跟她说知心话。这我并不意外，当真是一位精巧的女人啊。据她说，热拉尔·蓬蒂厄被附近一位药剂师丑陋而富有的女儿相中。他需要钱来开他的诊所。而在最后一分钟，他自己突然厌恶了起来。他说假如他像这样以卑鄙起始的话，就没必要期盼能走出一番正直的从医生涯来了。于是他拖延着，在订婚的第二天就抛弃了那个姑娘，只给她留下了一张小纸条。总之，不是很重要，不是吗？不是很重要，除了那个姑娘的名字。”

“克莱芒丝·瓦尔蒙，”阿当斯贝格说。

“正是，”丹格拉尔说。

“陪我去那边走一趟吧，”阿当斯贝格说着，把他刚抽没几口的香烟捻灭在烟灰缸中。

二十分钟后，他们来到长老街 44 号的大门前。今天是周六，一丝声响都没有。没人来应答克莱芒丝家的对讲机。

“试试玛蒂尔德·弗雷斯蒂埃家，”阿当斯贝格说，一度几乎不耐烦起来。

“我是让－巴蒂斯特·阿当斯贝格，”他对着对讲机说。“给我开下门，弗雷斯蒂埃女士。请您快一点儿。”

他一路跑到二楼的飞火鱼，玛蒂尔德为他们打开了门。

“我需要楼上的钥匙，弗雷斯蒂埃女士，一把克莱芒丝家房门的钥匙。您有备用的吗？”

玛蒂尔德一句话也没问就找出一串挂有“刺鱼”标签的钥匙。

“我陪您一起，”她说，她清晨的嗓音比白天还要沙哑。“我郁闷了，阿当斯贝格。”

他们三个一起进入克莱芒丝家中。那里已经什么都没有了。没有生活过的痕迹，衣帽架上没有衣服，桌面上也没有纸。

“可恶，她逃跑了，”丹格拉尔说。

阿当斯贝格在房间里走着，走得比以往任何时候都慢，他边走边看着自己的脚，然后他打开一个空柜橱，一个抽屉，又重新开始走。“他什么都没想”，丹格拉尔心说，他很愤怒，尤其为他们的挫败而愤怒。他希望阿当斯贝格能发发火，行动再行动，情绪激烈一点儿，下达一个个命令，用这一种或那一种的方式挽回这场混乱，但根本不必期待他会做出这样的事来。与之相反，他露出一个英俊的笑容接过了惊慌失措的玛蒂尔德为他们端来的咖啡。

阿当斯贝格从她家往警局打了电话，他尽可能详细地描述了克莱芒丝·瓦尔蒙的细节特征。

“把这些体貌特征发给所有的火车站、飞机场、边境站，还有所有的警察局。最后，组织常规追捕。再派一个人来守护这里。这座公寓需要一直监视。”

他默默地挂上电话，喝着他的咖啡，仿佛并没有发生多大的事。

“您得打起精神来。您脸色不太好，”他对玛蒂尔德说。“丹格拉尔，您试着给弗雷斯蒂埃女士解释一下这一切，安置好她。请原谅我不能亲自来做这件事。我发现我不太善于解释。”

“您从报纸上读到勒内尔莫尔被证实与谋杀案无关、以及他就是画圈人的消息了吗？”丹格拉尔这样开头。

“是的，”玛蒂尔德说，“我甚至看到了他的照片。这就是八年前我尾随的那个男人，就是在皮加勒小饭馆吃饭的那个男人。无害！我反复用这个词来对阿当斯贝格形容他！羞辱，失意，所有这些词您想加上什么都行，但是却无害！我跟您说过了，警长！”

“是的，您说过了。而我没有，”阿当斯贝格说。

“一点儿也没错，”玛蒂尔德强调。“但是鼩鼱，她去哪儿了？你们为什么要找她？她昨天晚上从乡下回来，容光焕发，打扮入时。我不明白她为什么又再一次走掉。”

“她跟您讲过她那个毫无预兆就把她抛弃了的未婚夫的事吗？”

“多多少少吧，”玛蒂尔德说。“因为一讲就信了，所以没有特别注意到。不管怎么说，您不是要来关注这一点，搞些精神分析的那一套吧？”

“必须如此，”丹格拉尔说。“热拉尔·蓬蒂厄，第二名受害者，正是那个人。她五十年前的未婚夫。”

“您开玩笑，”玛蒂尔德说。

“不，”丹格拉尔说，“我去了他们两人的故乡。她不是讷伊人，玛蒂尔德。”

阿当斯贝格在此注意到丹格拉尔称呼弗雷斯蒂埃女士为“玛蒂尔德”。

“愤怒和疯狂一路走了五十年，”丹格拉尔继续说。“最后来到了被她判定为失败一生的终点，她终于失控，萌生了杀人的意图。

机缘巧合，这时出现了画圈人。要不是这个机会，恐怕她永远也实现不了她的计划。她从未失去过热拉尔·蓬蒂厄的线索，那是她梦寐以求的报复对象。她知道他住在哪儿。她离开了讷伊，而为寻找画圈人，她投奔了您，玛蒂尔德。您是唯一一个可以帮她找到他的人。还有那些圈。她一开始谋杀了一个她并不认识的胖女人，来启动一个‘连环’杀人。接着她割破蓬蒂厄的喉咙。在她苦苦追了他这么久之后终于得手了。最后，唯恐调查不能马上发现画圈人，也怕会在医生的案情上面耽搁，她又杀了画圈人本人的妻子，德尔菲娜·勒内尔莫尔。为了符合一致性，她严格按照杀蓬蒂厄的手法来切割她，不给我们留下任何一处与医生之间的不同。除去他是男人的这个事实。”

丹格拉尔看了阿当斯贝格一眼，后者一言不发，用眼神示意他继续讲。

“正如她所预料，她的最后一次谋杀直接将我们引向了画圈人。但克莱芒丝·瓦尔蒙的想法既辗转又简单。既是画圈人同时又是杀害自己妻子的凶手，这也太直接了。这怎么可能，除非是个傻子。勒内尔莫尔被释放。她今晚从广播中听到了这个消息。勒内尔莫尔既然被证实无罪，那么一切都改变了。她的理想计划露了馅。但她还有时间逃跑。她就这么做了。”

玛蒂尔德目瞪口呆地把他们俩来回地看了又看。阿当斯贝格等着她回过神来。他知道这需要花一定时间，她会挣扎。

“但是不对呀，”玛蒂尔德说，“她根本没有那个体力！你们难道不记得这女人瘦得就像一根棍啊？”

“要想跨越障碍有一千种办法，”丹格拉尔说。“可以在人行道上装作突发急病，等着某位焦急的行人俯下身来查看，然后一击击倒。您别忘了，所有受害者一开始都遭受过重击，玛蒂尔德。”

“是的，我记得，”玛蒂尔德说，把她垂到额前打绺的黑色头发重新撸上去不下二十次。“那对于医生，她又是怎么逮到他的？”

“太简单了。她让他到指定的地点去。”

“他为什么会去呢？”

“让我们想想看！一位年轻时的女性朋友给您打电话，说需要您！我们就一切都忘掉，跑着去了。”

“没错，”玛蒂尔德说。“您说得有道理。”

“您能回忆起来吗？发生谋杀的那些夜晚，她在家吗？”

“坦白说，她几乎每天晚上都不在，用她的话说是赴约会，夜夜如此。她在玩一出见鬼的大戏！您为什么一句话也不说，警长？”

“我在试图思考。”

“思考出什么来了吗？”

“没有。不过我习惯了。”

玛蒂尔德和丹格拉尔交换了一个眼神。有点儿失望。不过丹格拉尔没心情去责备阿当斯贝格。克莱芒丝的确失踪了。但不管怎么说，阿当斯贝格总归理解到了，而且也想到要叫他去马西伊。

阿当斯贝格突然毫无预兆地站了起来，做了一个既懒散又无用的动作，他再次感谢玛蒂尔德的咖啡，并吩咐丹格拉尔去通知实验室的人来克莱芒丝·瓦尔蒙的公寓取证。

“我去走走，”他加了一句，为的是不要一言不发就走掉，为了给他们一个解释，为了不要伤害任何人。

丹格拉尔和玛蒂尔德留下来，继续在一起待了很长时间。他们谈论克莱芒丝谈得再也停不下来，他们试图理解。离去的未婚夫，一系列残忍的小启事，神经官能症，尖尖的牙齿，糟糕的印象，含混不清。丹格拉尔时不时地上楼去看实验室的那些人进行到哪一步，然后一边说着“他们进行到浴室了”一边再下楼来。玛蒂尔德倒掉咖啡，加进一些温水。丹格拉尔很自在。他情愿一生都留在这里，把手肘支在有鱼儿在里面游水的这张桌子上，沐浴在玛蒂尔德女王褐色脸颊的光亮之下。她提到阿当斯贝格，问他是怎么理解这些的。

“我完全不知道，”丹格拉尔说。“但我看着他做事，有时又什么都不做。有时他无忧无虑天真浅薄到好像他这辈子从来都没做过警察，有时他又绷着一张脸，好像在操心着什么，周遭的一切声音全都听不见。但他究竟在操心什么？这可是个谜。”

“他看上去不太高兴，”玛蒂尔德说。

“的确。因为克莱芒丝逃跑了。”

“不，丹格拉尔。阿当斯贝格在烦心别的事情。”

实验室的勒克莱尔走进屋来。

“警探，我来报告指纹的事。一个都没有。她把它们全都擦掉了，要么就是她每时每刻都戴着手套。我还从没见过这样的事。但在浴室有些情况。我在墙上发现一小滴干掉的血迹，就在洗手池水管的后面。”

丹格拉尔立刻跟着他返回楼上。

“她肯定是在这儿洗过什么东西，”他重新直起身来说。“说不定就是手套，在她把它们丢弃之前。我们在德尔菲娜身边没找到手套。立刻去做这个化验，勒克莱尔。假如这是勒内尔莫尔夫人的血，那克莱芒丝她可是完蛋了。”

分析结果在几小时后出来了，血迹正是德尔菲娜·勒内尔莫尔的。针对克莱芒丝的通缉由此展开了。

听到这个消息，阿当斯贝格仍旧很委顿。丹格拉尔又想起警长烦心的那三件事来。蓬蒂厄医生。不过这个已经解决了。还剩下时尚杂志。以及烂苹果。他一定是在担心烂苹果。这种事现在有什么好担心的？丹格拉尔想，阿当斯贝格自有一种另类的方式去抹杀存在。在他看来，他可以毫不顾忌那些散漫的举止，阿当斯贝格拥有一种有效的方法使它们永不停歇。

* * *

警长办公室与丹格拉尔办公室之间的那扇门大多数时间是敞开的。阿当斯贝格不需要把自己一个人关着。这就使丹格拉尔来来去去，放下一叠资料，给他读一段消息，再离开，或者纯粹是为了聊上一会儿。自从克莱芒丝逃跑以后，他过来得越发勤了，但阿当斯贝格什么都没注意到，他继续他的阅读，连眼睛都没抬起来看他一下，不过这种忽视一点儿都不伤人，因为它不是有意的。此外，据丹格拉尔判断，这与其说是忽视，不如说是走神。毕竟阿当斯贝格很专注。但专注什么呢？他还有一种奇怪的阅读方式，通常是站立姿势，双手交叉在胸前，盯住摊开在他桌面上的各种记录。他可以像这样一站就是好几个小时。对于丹格拉尔这种每天都感到身体好累、腿都要支持不住的人来说，他不禁想问他究竟是如何做到这一点的。

此时，阿当斯贝格正站在那里，看着打开在他办公桌上的一个小日程本的空白页面。

“十六天了，”丹格拉尔坐下说。

“是啊，”阿当斯贝格说。

这一回，他的视线终于离开他的读物，落到了丹格拉尔身上，不过本来，日程本上就没什么好读的嘛。

“这不正常，”丹格拉尔继续说。“我们早该找到她了。她总要移动，总要吃喝，总要在某处睡觉的吧。她的相貌已经刊登在所有报纸上了。她不可能躲过我们的排查。尤其是这样的一副身体。然而，事实却摆在眼前：她逃脱了。”

“是啊，”阿当斯贝格说。“她逃脱了。有些事情不对头。”

“我就不会这样说，”丹格拉尔说。“我会说纵然我们花了太多时间去寻找她，但我们总归会找到。可是这个老太太，她可真懂得隐匿啊。在讷伊的时候，她就很低调。那些邻居是怎么说的来着？说她不惹事，说她独立，不漂亮，头上成天戴着那么顶怪怪的软帽，沉迷于小启事当中。再说不出更多来了。她在那儿住了二十年，却没一个人知道她在别处是不是有朋友，没一个人说得清她具体是什么时候来的，也没一个人回忆得起她究竟是何时走的。她似乎从不去度假。是有些人跟她的生活有些相连，但却没人注意过他们。这次她牵扯进谋杀案也没什么令人震惊的。但这始终是一个时间上的问题。我们会找到她的。”

“不。有些事情不对头。”

“那我们该去了解什么？”

“这正是我试图弄清的。”

丹格拉尔泄气地站起身，以三个笨重的动作拖起上身、屁股和腿，开始在屋里走起圈来。

“我很想弄清您在试图弄清什么，”他说。

“对了，丹格拉尔，实验室可以来取回时尚杂志了。我完事了。”

“完什么事了?”

丹格拉尔好想回自己的办公室去，面对这么一个不会有任何结果的讨论真是急人，但他忍不住去猜测阿当斯贝格头脑中究竟有些什么想法，或许是些假设，总之这引起他的好奇。即便他猜测这些想法恐怕连阿当斯贝格本人都驾驭不了。

阿当斯贝格又一次盯住了日程本。

“那本时尚杂志上，”他说，“登了一篇署名德尔菲娜·维特吕埃尔的文章。您如果更愿意这么说，那就是德尔菲娜·勒内尔莫尔的娘家姓氏。编辑部的女主任告诉我，她和她们刊物有常规性合作，她几乎每月为她们供稿一次，写些关于流行坐标、时下风潮、裙撑裙子或手工裁剪的文章。”

“您对这感兴趣?”

“大有兴趣。我把所有文章都读过了。这占用了我不少时间。接下来是烂苹果。我开始了解一些事情了。”

丹格拉尔摇着头。

“接着是什么，烂苹果?”他问道。“我们不能去责备勒内尔莫尔吓得屁股尿流吧！可恶，为什么还要想着他?”

“所有这些细小而残酷的东西令我在意。您听玛蒂尔德说得太多了。您现在也开始维护画圈人了。”

“我才不这样。只不过我忙着克莱芒丝的事，就把他放下了。”

“我也忙克莱芒丝的事，只在忙克莱芒丝的事。但这改变不了勒内尔莫尔卑鄙的事实。”

“警长，您要节制您的轻蔑情绪，因为穷苦者人数太多了。而且这句话也不是我说的。”

“谁说的？”

“夏多布里昂。”

“又是他……他都对您做了什么？”

“当然只是难堪了。但别管这个。坦诚地讲，警长，画圈人该受这样的恼恨吗？他到底是一位大历史学家啊。”

“走着瞧。”

“我投降，”丹格拉尔说着坐下来。“各人都有各人的执念。对我来说，我的脑子里就只有克莱芒丝。我要找到她。不管她身在何处我都要把她揪出来。这是必需的。是合乎逻辑的。”

“但，”阿当斯贝格微笑着说，“一个愚蠢的逻辑是思维薄弱者的恶魔。而且这句话也不是我说的。”

“谁说的？”

“这就是我与您的不同之处：我不知道是谁说的。但我很喜欢这句话，它适合我，您懂吗。我几乎没有逻辑可言。我要去走一走了，丹格拉尔，我真心需要。”

* * *

阿当斯贝格一走就走到晚上。这是他找到的唯一能够梳理他思绪的办法。仿佛多亏了走路这一动作，那些想法就会像颗粒浸于液体中一样摇晃。最沉重的沉到底部，而最细小的浮于表面，好好地分了开来。在思考的最后，他虽然还没得出一个确凿的定论，但他的想法已经借由重力编排好了一幅澄清的图景。第一层水波中的事情是可怜的老勒内尔莫尔，他与拜占庭的别离，他抵在门齿上的烟斗管，牙齿甚至没有因烟草而染黄。假牙。随后是烂苹果，消失的女杀人犯克莱芒丝，以及她的黑色软帽，她的尼龙衫，她泛红的眼睛。

他突然僵住。就在那边，有一个年轻女人正在叫出租车。他已经迟了一步，他分辨不清，他跑了起来。随后，太晚了，白跑了，出租车走了。他留在那里，站在人行道的边缘处，使劲喘气。他刚才为什么要跑呢？本来看见卡米叶登上一辆出租车是一件多么美好的事啊，何必这样跑呢。何必非要追上她不可呢。

他把他的手攥紧在上衣口袋里。有一点儿动情。这也很正常。

很正常。没必要就此展开一个故事。看到卡米叶，惊讶，奔跑，有一点儿激动很正常。是因为惊讶。或者因为跑太快。不管是谁的手，都会以同样的方式颤抖的。

再说那真的是她吗？很可能不是。她生活在世界的另一头。她肯定是在世界的另一头，绝对没错。但那形象，那身影，那用双手扒着车窗和司机说话的方式？又怎么样呢？绝没有例外。卡米叶是在世界的另一头。这个没得讨论，所以再没必要纠结这个姑娘和这辆出租车了。

但假如那是卡米叶呢？假如那就是卡米叶，那他就错过她了。就这么完了。她乘上出租车再次去往世界的尽头了。所以没必要思考了，什么都改变不了。夜幕吞没了卡米叶，总是这样。出现。又消失。

他继续安安静静地走他的路，依稀分辨着这两个词的节拍。他想要赶快入睡，忘记老勒内尔莫尔的烟斗，忘记克莱芒丝的软帽，忘记小可爱乱蓬蓬的头发。

他也是这么做的。

* * *

接下来的一周里没收到任何有关克莱芒丝的消息。丹格拉尔从下午三点开始就要陷入一种过度饮酒的半昏迷状态，但这也因他偶尔会发出一些无奈的牢骚而时有打破。全法国有几十个人报告他们认出了这名女杀人犯。每天早上，丹格拉尔都要把一些执行搜查的失败报告放到阿当斯贝格的办公桌上。

“来自蒙托邦的报告。还是没找到，”丹格拉尔说。

然后阿当斯贝格抬起头回答说：“好，好。太好了。”更糟的是，丹格拉尔怀疑他甚至都没有读那些报告。他早上把它们放在哪里，晚上它们还在哪里。于是他就把它们再拿走，分类到属于克莱芒丝·瓦尔蒙的档案夹里。

丹格拉尔忍不住去计算。克莱芒丝·瓦尔蒙消失已经二十七天了。玛蒂尔德经常会打电话过来，跟阿当斯贝格询问鼩鼱的消息。丹格拉尔听到他回答：“没有呢。不，我没放弃，您怎么会这么想？我在等待一些小线索。现在还没必要着急。”

没必要着急。阿当斯贝格的口头语。丹格拉尔就快要受不了了，而卡斯特罗则适应得太好，他好像以一种罕见的容忍度接受了世间的事物。

接着雷耶在阿当斯贝格的要求下过来了好几次。丹格拉尔发现他没以前那么尖刻了。他在想这是不是因为他现在熟悉警局了，他能够更自如地靠他的手指尖帮助他沿着墙往前走，还是对女杀人犯的发现令他释放了自己的焦虑。丹格拉尔绝对不去考虑的，就是想象这个美貌盲人之所以不再那么尖刻是因为玛蒂尔德向他敞开了她的床。绝对不要那样。但谁知道呢？丹格拉尔听到了他与警长展开对话的最开头部分。

“您，”警长说，“鉴于您肉眼已经不再看得到，您就能看到一些其他东西。我所需要的，就是请您跟我说说克莱芒丝·瓦尔蒙这个人，能说多久说多久，直到您向我描述出她带给您听觉的所有感受，她的在场让您产生的所有感觉，还有当您靠近她、听到她和发觉她时您所能猜测出来的所有细节。我越是在这方面了解她，我就越是能摆脱这个困境。而您，雷耶，您和玛蒂尔德是最了解她的人。尤其您还熟知那些视觉以外的东西。那恰恰是被我们抛到一边的东西，因为我们的眼睛会快速建立一幅图像，而我们便就此满足了。”

雷耶每次来都会待很长时间。透过打开的门，丹格拉尔看到阿当斯贝格背靠墙壁，听得聚精会神。

* * *

这会儿是下午三点半。阿当斯贝格把他的日程本打开到第三页。他等了好长一会儿，然后写下：

“明天，我要到乡下去找克莱芒丝。我想我并没有弄错。我已经不再能想得起来我是从何时发现这个的，我当时要是记录下来就好了。是从一切的最最开始吗？还是从烂苹果呢？雷耶对我讲的一切都与我的感觉相符合。昨天，我一直走到火车东站。我问自己为什么要当警察。或许是因为这个职业可以让人寻找一些东西，又有机会把它们找到。这安慰了其他的部分。因为，在生活的其他部分中，没有任何人会来请求您去寻找任何东西，而既然人们都不知道要寻找什么，就更不会冒险去找到它。比如树叶：我到现在还是不能清晰地知道我为什么要画它们。昨天在火车东站的一间咖啡馆里，有一个人对我说，不会畏惧死亡的最好方式就是去过一种蠢材的生活。这样就没有任何可遗憾的东西。对我来说这不是一个很好的解决办法。

“但我不畏惧死亡，不那么畏惧。事实上这件事与我不相干。我也不害怕独自一人。

“我打算更换掉我所有的衬衫。我希望能找到一种符合宇宙通则的穿着。所以我要去买三十件样板衣，然后直到我生命的终结，我都不要再纠缠在该穿什么衣服的事情上。当我把这个想法解释给我妹妹听时，她大叫了起来。这种符合宇宙通则的唯一一种穿着的想法吓到了她。

“我希望能找到符合宇宙通则的穿着是为了不再让自己与它纠缠。

“我希望能找到符合宇宙通则的树叶是为了不再让自己与它纠缠。

“在我内心深处，我真希望那天晚上我在街上没有错过卡米叶。我要是追上她就好了，她会很吃惊，或许有点儿感动。我也许会看到她在颤抖，脸色变白，或是变红，我也不知道会怎样。我会把我的手抚在这脸颊上，缓解这颤抖，这会是多么美妙。我会抱住她，让她依偎着我，我们两人就保持这样站在当街，站上好久好久。也许站一个小时吧。但她或许根本不会感动，她也不愿意靠着我。或许她什么都不愿做。我不知道。我想不出来。或许她会说：‘让—巴蒂斯特，出租车在等我。’我不知道。或许那根本就不是卡米叶。或许我也根本就不在乎。我不知道。我不这样想。

“这个时候，我已经把思想家丹格拉尔给惹毛了。这是显而易见的。我不是有意这样对他。什么都没做，什么都没说，而正是这让他发疯。然而，自从克莱芒丝走掉以后，这就是本该发生的。但我却什么都没法对他讲。”

当听到门开的响动时，阿当斯贝格抬起了头。

天气很热。丹格拉尔浑身是汗地从北部郊区回来。对于收缴赃物的一次质询。进行得还不错。但这并不能使他开心起来。对于丹格拉尔来说，他需要更大的事情来投入精力，鼩鼱女杀手对于他就是很有价值的挑战。但对不得不宣布放弃的担心变得日益折磨人。他都不敢再向孩子们提起这事。当阿当斯贝格走进他办公室的时候，他正想狠狠地干上一杯白葡萄酒呢。

“我在找剪刀，”阿当斯贝格说。

丹格拉尔去翻弗萝朗丝的抽屉，找出一把剪刀递给阿当斯贝格。他注意到弗萝朗丝又补充了些太妃糖。阿当斯贝格闭起一只眼睛，把一根黑线往针孔里穿。

“什么情况?”丹格拉尔说。“您在做缝纫?”

“我的衣服开线了。”

阿当斯贝格坐到一把椅子上，架起一条腿来，开始修补他的裤脚。丹格拉尔看着他缝纫，虽然有点儿窘，但却保持着平静。看着某人一个个小针孔地做着缝纫，好像整个世界都不再存在一样，这样还蛮能安抚人心的。

“您会看出来，丹格拉尔，”阿当斯贝格说，“我有多擅长针线。针脚有多细。缝好后几乎没痕迹。这是我小妹妹教给我的，那天我们实在是闲得不知道玩什么好了，我父亲是这么说的。”

“我不会看出来的，”丹格拉尔说。“一方面因为我从来就缝不太好孩子们的裤脚。另一方面是这个女杀人犯总在烦我。可恶的杀人犯老太太。她现在就要从我手中逃出去了，真的。这快把我搞疯了。毫不夸张地说，快把我搞疯了。”

他站起身来，到柜子里去拿一瓶啤酒。

“不行，”阿当斯贝格说着，把他的头俯向他的衣料。

“什么不行？”

“啤酒，不行。”

现在，警长用他的牙齿咬断了那截线，根本忘记了他已经拿到弗萝朗丝剪刀的这件事。

“所以剪刀呢？”丹格拉尔问。“见鬼啊，我为您找到剪刀就是要好好地把线剪断，而您就是这么做的吗。那我的啤酒呢？为什么突然就不能好好地喝一下啤酒了呢？”

“您马上就可能喝到十瓶，而今天不行。”

“我觉得这不关您的事。这是我的身体，我的责任，我的肚子，我的啤酒。”

“没问题。但这是您的调查，而您是我的警探。明天，我们要去乡下。我期待能有一些新发现。所以我需要您，需要清醒的您。需要胃也清爽。胃的事情，很重要。我们虽不确定一个好胃是否有助思考顺畅。但我们很确定一个烂胃肯定是会毁掉您的想法的。”

丹格拉尔观察着阿当斯贝格紧张的脸。不能确定这紧张是来自线头即将缠住的结，还是来自乡下之行。

“见鬼，”阿当斯贝格说。“线打结了。这可真讨厌。这里有一条黄金法则就是，永远要顺着线轴的方向绕。否则的话，就要缠结。您懂我说的意思吗？我一定是没注意绕反了。于是现在就打结了。”

“依我看，是穿在针上的线太长了，”丹格拉尔建议道。

缝纫真是安抚人心啊。

“不，丹格拉尔。我取的线刚刚好，不长过我的手到手肘的距离。明天八点钟，我需要一辆货车，八个人，还要一些狗。法医也要一起来。”

他用针穿了好几次来打好结，弄断线头，抚平裤子。然后他站起身就走了，也不等确认丹格拉尔到底会不会把他的脑袋和胃搞得清清爽爽的。而丹格拉尔这时候仍然是一头雾水。

* * *

夏尔·雷耶回家去了。他感到轻松，他享受这轻松，因为他知道这不会持续很久。他与阿当斯贝格的对话带给他平静，他不知道这是为什么。他唯一能证实的，就是他已经连续两天没有在过马路时向人寻求帮助了。

他甚至没费什么力就对警长做到了态度真诚，他真诚地谈到克莱芒丝，谈到玛蒂尔德，以及其他他花费了时间去谈的很多东西。阿当斯贝格也讲了一些东西。属于他的一些东西。不总是清晰的。有轻的东西也有重的东西，他从不确定轻的东西就绝不是那重的东西。在他看来，很难去分辨这些。孩童的智慧，长者的哲学。他在饭馆里和玛蒂尔德谈过这个。他不会任由警长主导，顺着他那温柔的嗓音而行。而这一回，是警长来请求他做主导，跟在他漆黑的眼睛后面前行。他说，阿当斯贝格听。他身为盲人的所有细微响动，他晦暗中的所有痛苦感觉，他在漆黑中看到的所有东西。当他停下时，阿当斯贝格会对他说：“继续啊，雷耶。我在认真听您讲。”夏尔想象着假如他是一个女人的话，他恐怕会爱上阿当斯贝格，同时又绝望地发现对方难以掌控。但这是一个他最好还是不要去靠近的那种家伙，要么他就得学会在掌控不了的同时不能绝望。对，就是这么回事。

但夏尔是个男人，他也乐得坚持这一点。此外，阿当斯贝格还肯定了他是个美男子。所以夏尔考虑既然他是个男人，他就该很乐意爱上玛蒂尔德。

既然他是个男人的话。

但玛蒂尔德会不寻求在水底下分解吗？她会不寻求再也听不到大地的撕裂吗？玛蒂尔德会发生什么？谁也不知道。玛蒂尔德为什么要去喜欢那见鬼的水。要抓住玛蒂尔德吗？夏尔担心她会像海妖一样逃开。

他没有在家门前停下，而是径直去了飞火鱼。他摸索寻找着电铃的按钮，接着按下了两次。

“你发生什么事了吗？”玛蒂尔德打开门问。“还是你有关于鮈鲭的新消息了？”

“我该有吗？”

“你见了阿当斯贝格好几次，不是吗？我刚刚给他打过电话。似乎明天就会有克莱芒丝的消息了。”

“你为什么这么关心克莱芒丝？”

“是我找到她的。她是我的鮈鲭。”

“不，是她找到你的。你为什么哭了，玛蒂尔德？”

“我，我哭了吗？是啊，有一点儿。你是怎么知道这个的？”

“你的嗓音中有一丝湿润。这听起来很明显。”

“别担心。是我爱着的人明天就要走了。总要为这一时刻流泪。”

“我能不能认识一下你的脸?”夏尔伸出双手问。

“你想怎么认识?”

“像这样。你会看到的。”

夏尔的手指碰到玛蒂尔德的脸，像钢琴师抚动键盘一样在那上面游走。他全神贯注。事实上，他对玛蒂尔德的脸记得非常清楚。很可能自从他在研习班见过她之后都没怎么变化。但他就是想触碰一下。

* * *

第二天，阿当斯贝格开车驶向蒙塔日。丹格拉尔坐在他边上，卡斯特罗和德维尔坐在后面。货车跟着他们。阿当斯贝格一边开车一边咬嘴唇。他时不时地瞥一眼丹格拉尔，或者，偶尔，当他换挡的时候，他会用手摸一下警探的胳膊。好像为了确认丹格拉尔就在那里，活着，和他在一起，而他真的需要他留在这儿。

玛蒂尔德很早醒来，没有勇气在这天早上跟踪任何人。昨天，她还娱乐了相当长的一段时间，在巴恩克鲁格啤酒馆观察一对不正当的情人。他们彼此间没有认识多久。但当那男人中途离席，去打一通电话时，那姑娘皱着眉看着他消失掉，接着她偷偷从她同伴那里偷了一些薯条，放到自己的盘子里。她对自己的战利品十分满意，每吃一口前都要伸出舌头舔一下。男人随后回来，玛蒂尔德觉得她了解那姑娘身上一些本质的东西，而她的同伴则永远发现不了。没错，她玩得很开心。很好的一个阶段。

但今天早上，对她来说什么意义也没有。阶段 1 的最后不会有过多惊人的东西。她想，阿当斯贝格今天就会把手伸向鼩鼱，而她则会吱吱乱叫地挣扎，这对于老克莱芒丝来说真是该死的一天，她戴着手套把她的幻灯片分类分得那么好，正如她把她的谋杀分类做得那么好一样。有那么一刻玛蒂尔德自问自己是不是感到了一丝责任。假如她没在多丹·布方语惊四座地嚷嚷她找到过画圈人的话，克莱芒丝就不会寄住进她家，也不会找到机会杀人了。她随后又对自己说，只因一朝曾是您的未婚夫，而后就用余生去酝酿醋意，割破一位老医生的喉咙，这种借口真是太奇幻了。

奇幻。她该这么对阿当斯贝格说的。玛蒂尔德用手肘撑在她的鱼缸桌上，又低声对自己说了一遍这句话。“阿当斯贝格，这个谋杀太奇幻了。”起于爱意的谋杀，在之后的五十年里都不曾松懈地准备着，尤其是克莱芒丝用上的如此复杂的战争机器。阿当斯贝格究竟是怎么对老太太的动机弄错到这一地步的？只有白痴才会相信一个如此奇幻的动机。令玛蒂尔德忧虑的，是她确信阿当斯贝格是她所遇到的人中最细腻的那种。但这里面确实有些东西与克莱芒丝老太太的动机不符。这个女人没有一张好脸蛋。她是真心相信她很亲切，因而也试图努力爱她一点点，帮帮她，但鼩鼱身上的所有一切却在不停地折磨她。所有一切，就是说她一无是处：她的骨架中没有身材；她的脸蛋中没有美目；她的嗓音中没有音色。完全一无是处。

昨天晚上，夏尔摸了一遍她的脸。必须承认是那样舒服，那长长的手指一丝不苟地抚过她面孔上的每一处轮廓，好像她是一页布莱叶盲字画似的。她觉得他好像要进一步触碰她，但她却没有做出一个动作来回应。与之相反，她去倒了些咖啡。当真是非常好的咖啡。这当然代替不了一个抚摸。但从某种意义上讲，一种抚摸也同样代替不了一杯好咖啡。玛蒂尔德觉着这比较没意义，无论是抚摸还是咖啡，它们都不是可以互相替换的。

好吧，玛蒂尔德深深地叹了一口气。她的手指追随着游动在玻璃板下面的一条带有两个斑点的叉鼻喉盘鱼。她该喂这些鱼了。她该拿夏尔和他的抚摸怎么办？她还有时间返回海中去吗？既然今天上午她根本就不想跟踪任何人。她能从三个月的表层中收获什么？一个本该去做婊子的警察，一个坏得跟恶棍一样的瞎子和他的抚摸，一个研究拜占庭的画圈者，一个杀人犯老女人。说到底，收获不小啊。还有什么可抱怨的呢。她真该把所有这些都写下来。这可比写些鱼的胸部要有趣多了。

“是这样，但写什么？”她突然提高了一个调门说。“写什么？为什么这么做，为什么写？”

为了讲述人生，她回答自己道。

都是废话！写鱼的胸，至少还是在讲述没人知道的东西。但其他呢？为什么做，为什么写？为了引诱？是吗？为了引诱未知者，就仿佛已知者已经不能使你满足了？为了想象将全人类的精髓全都集中到几页纸上么？最终是怎样的精髓？人类的什么情感？要说些什么？即便是这个齣齝老太太的故事讲出来也没什么乐趣。写了，就砸了。

玛蒂尔德沉默下来，心情阴郁。她心想她想得太偏了。胸部，其实就很好嘛。

但只说鱼胸，有时候还是令人消沉的，因为比起老克莱芒丝来，人们更不在意鱼胸。

玛蒂尔德再次起身，用两手把她黑色的头发向后一甩。好极了，她评判道，我还涉及了一点儿玄学，这会过去的。净是废话，她还在继续嘀咕着。假如卡米叶不是在今晚再次动身的话，我还不至于这么悲伤。又走了。她要不是遇上了那名会飞的警察，她本不必非环游地球不可的。写这个吧，这会值得写吗？

不。

或许真的是纵身跳回一条海沟的时候了。尤其是，不许问自己为什么要这样做。

为什么这么做？玛蒂尔德马上又问了。

为了让自己舒服。为了把自己浸湿。对了。为了把自己浸湿。

* * *

阿当斯贝格把车开得很快。丹格拉尔知道他们这是要去蒙塔日，但他也就知道这么多了。而随着路程越往前推进，警长脸上的表情也就越发紧张。而这种脸色的对比被推升到了一个高度，变成了差不多超现实的景象。阿当斯贝格的脸好像变成了灯，人们可以去调节它的亮度。当真太奇怪了。而令丹格拉尔搞不懂的，是阿当斯贝格在他的白色旧衬衫上以他的方式扎了一条黑领带。这一条葬礼领带戴得实在有些别扭。丹格拉尔担心到大声说了出来。

“对，”阿当斯贝格回答，“我系了这条领带。我找到的服饰很漂亮，是吧？”

而这就是全部了。除去时不时用手摸上他胳膊的那一下。离开巴黎两小时后，阿当斯贝格把车停在一条森林小路上。那里不再有夏日的炎热。丹格拉尔看到一块牌子上写着贝特朗热国家森林，阿当斯贝格说声“我们到了”，拉紧了手刹。

他走下车来，吸了一口气，看了看周围，点点头。他把一张地图摊开在发动机罩上，做了个手势示意卡斯特罗、德利勒和货车上的六个人凑近。

“我们从这儿走，”他指着地图说。“我们走这条小路，然后是这条和这条。然后，我们走南边的这些路。要把这座森林小屋四周的整个区域全都搜上一遍。”

与此同时，他用手指在地图上面画了个圈。

“圆圈，总是圆圈，”他小声嘀咕道。

他把地图重新叠成一团，把它递给卡斯特罗。

“把狗放出来，”他加了一句。

六条用皮带拴着的狗被从卡车上飞快地牵下，发出了不少响动。丹格拉尔不太喜欢这些牲畜，和它们保持了一点儿距离，两手交叉护在他灰色宽大西服的下摆处，作为唯一的保护。

“对老克莱芒丝有必要用得上这些吗？”他问。“这些狗能做什么？她甚至都没给我们留下一片衣服的布头可闻啊。”

“我有该有的东西，”阿当斯贝格说着，从货车上拿下一个小盒子，把它在狗的鼻子下面打了开来。

“是腐烂的肉，”德利勒皱着鼻子说。

“闻着像死人，”卡斯特罗说。

“没错，”阿当斯贝格说。

他晃了晃脑袋，示意了个小信号，他们就走上了右手边的第一条小路。狗们被皮带牵着，跑在最头里，不停地吠叫。其中一条狗咬了一口那肉。

“这条狗是个大傻子，”卡斯特罗说。

“我不喜欢这个，”丹格拉尔说。“一点儿也不。”

“我想也是，”阿当斯贝格说。

森林因他们的进入发出了不少响声。树枝断裂的声音，逃跑的小动物的声音，鸟的声音，人踩在树叶上的声音，狗到处乱窜的声音。

阿当斯贝格穿着他的黑色旧长裤。他走的时候双手半扣在腰带上，领带搭在肩上，默默不语、全神贯注地紧紧跟着狗。他们走了三刻钟后，有两只狗同时离开了小路，突然转向左边。在那里已经没有可行走的小径了。必须从树枝下穿过，从树干旁绕开。他们慢慢地前进，狗们领头。一条树枝像一把回旋镖一样反抽到丹格拉尔的脸上。把他抽得很疼。领头狗是狗中的佼佼者，名叫闹铃，人们简称它为小铃，它走了六十来米后便停了下来。它原地打转，抬头吠叫，接着呜呜呻吟着躺在地上，头伸得直直的，很满意的样子。阿当斯贝格僵住身子，他的手指现在已经紧紧抓在腰带上了。他的视线扫视着小铃躺倒在地的那一小块区域，那是在橡树和桦树包围中的几平方米。他的手摸上低处一根折断的树枝，它已经折断了有几个月。断口上已经长满了青苔。

他的嘴唇紧紧抿住，就像他每一次激动的时刻那样。丹格拉尔注意到这一点。

“叫所有人都过来，”阿当斯贝格说。

然后他瞧了瞧带着工具包的德克莱尔，他对他做个手势，示意大家可以在这个地方开始作业了。丹格拉尔忧虑地看着德克莱尔打开他的包，拿出锄镐、铲锹，把它们分发给大家。

一小时以来，他一直在拒绝承认他们在找这个。但现如今的证据已不容他再忽视：他们在找这个。

我期待能有一些新发现，阿当斯贝格昨天是这么说的。他的黑色领带。这么说警长并没有在任何一个征兆前后退，哪怕它有多么沉重。

随后，铁锹们发出不少响动，那是一种铁器刮擦在石头上的可怕声音，丹格拉尔听过太多次了。在挖掘点的旁边渐渐堆起一堆泥土，这他也同样看过太多次了。大家都是铲土能手。他们弯着膝盖，干得飞快。

阿当斯贝格的眼睛一刻都没有离开土坑，他抓住德克莱尔的胳膊。

“从现在开始动作轻一点儿。轻点儿挖。换工具。”

真该把狗们牵走。它们太吵闹了。

“狗都很兴奋，”卡斯特罗看了看说。

阿当斯贝格点点头，继续盯着土坑。

德克莱尔主导作业。现在他用一把轻便刀移去泥土。之后他突然后退一步，好想他被攻击了一样。他用袖口捂住鼻子。

“有了，”他说，“这是只手。我想。我想这是只手。”

丹格拉尔费了好大劲才离开他紧紧扒着的那根树干，一点点接近土坑。没错，是一只手。一只恐怖的手。

现在，一个人挖出了胳膊，另一个人挖出了头，第三个则挖出来一些蓝色的衣料。丹格拉尔感到一阵眩晕。他后退着，手在背后摸索着那个可以让他好好歇歇的地点，他的好树干，他的好橡树。他碰到树皮之后，就再也不离开了，在他眼前浮现的那幅图景是一具可怖的尸体，皮肤发黑而腐烂。

我根本就不该来，他闭上眼睛想道。而在此刻他根本就无暇顾及这具丑陋的身体究竟是谁，他们为什么来找他，他们在哪儿，为什么他全被蒙在鼓里。他唯一知道的，就是警长期待的重新发现落空了。尸体在这里已经好几个月了。所以肯定不可能是克莱芒丝。

大家继续在这种越来越难以忍受的气味中又工作了一个小时。丹格拉尔寸步不离他那棵温暖人心的橡树树干。他一直抬着头。人们只能从茂密的树顶上看到不丁点大的一小块天空，森林的这个角落极其阴暗。他听到阿当斯贝格用他那温柔的嗓音说：

“可以了。大家停下吧。我们去喝口东西。”

众人纷纷把工具丢在一边，德克莱尔从包中取出一升科涅克白兰地。

“这可是毫不掺假的科涅克，”他解释说。“只不过我们大家得匀一匀。每人能分不超过一杯底吧。”

“虽然违规，但却是必不可少的，”阿当斯贝格说。

警长走了几步，给丹格拉尔端来一杯。他没有说“还好吗”或是“好点儿了吗”，事实上他什么也没说。他知道再过半小时，这就会稍稍过去，然后丹格拉尔就又能迈开步子走了。所有人都知道，而没人点破这一点。大家都忙着在内心中与这个发出恶臭的土坑做着一番斗争。

其余九个人坐在距土坑有些许距离的地方，离丹格拉尔保持站立的位置很近。法医还绕着土坑转了几圈，然后回来重新加入了他们。

“那么，据医生观察，”卡斯特罗问道，“尸体都讲出了些什么信息？”

“它讲述出，这是一个上了年纪的女人，六十，七十来岁……它讲她因颈部的伤口而致死，已超过五个月了。已经无法以此来判定身份，我的小伙子们（法医总是说‘我的小伙子们’，好像他是在授课一样)。衣服平常、朴素，这帮不上我们的忙。而我感觉我们在这座坟墓中再找不出一点儿带有个人色彩的东西。也别寄希望于她的牙医了。她有像你我一样的一口好牙，没有任何治疗过的痕迹，这我是可以看出来的。这就是它所讲述的全部，我的小伙子们。所以要确定她是谁，你们可得花费时间了。”

“是克莱芒丝·瓦尔蒙，”阿当斯贝格温柔地说，“定居塞纳河畔的讷伊，六十四岁。我还想再来一口科涅克。我知道有规矩，但实在是太好喝了。”

“不!”丹格拉尔打断进来，比人们预想的还要精神，只不过还是不离开他的树。“不。医生刚才说了，这个女人已经死了好几个月！而克莱芒丝一个月前离开长老街时还活得好好的。这该怎么说?”

“但，”阿当斯贝格回答，“我说的是定居在塞纳河畔讷伊的克莱芒丝·瓦尔蒙。不是定居在长老街的那一位。”

“什么情况?”卡斯特罗说。“这还有两个? 同名吗? 双胞胎?”

阿当斯贝格摇摇头，晃着他杯底的白兰地。

“从来就只有一个，”他说。“一个住在讷伊的克莱芒丝·瓦尔蒙，四五个月前被谋杀。也就是她，”他说着用下巴指了指土坑。“这之后有一个人冒用克莱芒丝·瓦尔蒙的名字，在玛蒂尔德·弗雷斯蒂埃位于长老街的家中住了两个月。这个人就是杀死真正的克莱芒丝·瓦尔蒙的人。”

“那这个人是谁?”德利勒问。

阿当斯贝格在回答之前先看了一眼丹格拉尔，好像在请求他原谅一样。

“这是个男人，”他说。“是画圈人。”

*　*　*

他们远离土坑去呼吸些新鲜的空气。留下两个人在坑边值班。大家都等着实验室小组以及讷韦尔的警长过来。阿当斯贝格与卡斯特罗一起坐在货车旁边，而丹格拉尔则在踱步。

他已经踱了半个小时，让太阳晒暖他的后背，把他失去的那些精力补充回来。所以韵鯖就是画圈人。所以是他割了克莱芒丝·瓦尔蒙的喉咙，然后是马德莱娜·夏特兰，然后是热拉尔·蓬蒂厄，然后最终是他自己的妻子。在他那老鼠一般的苍老头颅中，他构想出了这一罪恶的机械传导。首先是圈。净是些圈。人们便相信这是一个怪癖者。一个被杀人犯利用的可怜的怪癖者。一切按照他所计划的展开。人们截住了他，他以承认画圈的怪癖而告终。正如他所计划的那样。于是人们释放他，所有人都去追克莱芒丝。这是他为他们准备好的一个罪犯。一个已经死了好几个月的克莱芒丝，人们将徒劳地寻找，直到把这个案子归档为止。丹格拉尔皱起眉头。太多隐晦的事情了。

他回到警长身边，警长正和卡斯特罗一起默默地嚼着一块面包头，他们始终坐在小路的边上。卡斯特罗手里拿着一些面包屑，正在试图吸引一只雌鸫。

“为什么，”卡斯特罗说，“为什么这些雌鸟总是比雄鸟要黯淡无光？雌鸟无外乎栗色、米色，诸如此类的颜色。该说它们可真没劲。可它们的雄鸟呢，却是红色、绿色、金色。可为什么呀，老天爷？这世界颠倒了。”

“据说，”阿当斯贝格讲道，“雄性需要这一切来讨巧。雄性必须不停地搞出新花样，弄出点儿玩意儿来。我不知道您有没有注意到这事，卡斯特罗。不停地造出点玩意儿。累死啊！”

雌鸫飞走了。

“那雌鸫，”德利勒说，“它不是也有不少活儿吗，它不是得产出它的蛋，还要孵化它们吗，难道不是吗？”

“对我来说，”丹格拉尔讲。“我就是只雌鸫。我的蛋给我带来无尽的担忧。尤其是最后一个被放进我巢里的那个小不点儿，那只小杜鹃。”

“别入戏太快了，”卡斯特罗说。“你还没穿上米色和栗色呢。”

“那又怎么样，”丹格拉尔回答。“人类动物园的平庸根本用不着到远处去找。不是仅凭些鸟，你就能看得懂人类的。你以为怎样？鸟就是些鸟，就这么回事。你要怎么填写你的工作文档，就说是发现了一具仰面而躺的尸体，其他的都一无所知？还是你全部都了解呢？”

丹格拉尔心里知道自己在胡闹，要是换了别的局面，他捍卫自我观点时还能更有些分寸。但今天早晨他实在是没那份毅力。

“我必须请求您原谅我没有把原委全都告诉您，”阿当斯贝格对丹格拉尔说。“但直到今天早晨，我都没有任何理由对自己感到确信无疑。我不想把您拖进这份既无信任又无规则的直觉中来，那样您将不得不忍受一些无益争执的碎片。您的辩论影响我，丹格拉尔，而我在今天早晨以前都不想冒被影响的风险。否则的话，我就会失去我的线索。”

“有关烂苹果的线索？”

“尤其是关于那些圈的线索。这圈可烦死我了。特别是当韦科尔一洛里肯定地说这不是一个真正的怪癖者之后。更糟的是，这压根就不是什么怪癖者。这些圈中没有任何东西指向一种真实的执念。它只是看上去像一个执念罢了，像人们可以伪装出来的一种现成想法。比如，丹格拉尔，您就曾说过画圈人更改他下笔的方式：他有时一笔画完一个圈，有时用两笔拼凑，有时甚至还画成椭圆。但您会相信一个怪癖者可以容忍如此的偏差吗？一个怪癖者是会把自己的宇宙规定得分毫不差的。否则就没必要有怪癖了。一个怪癖，它是要对世界进行组织，进行约束的，它要掌握不可能，把它们保护起来。所以像这样的圈，日期不固定，目标不固定，地点不固定，笔法不固定，这完全是山寨的怪癖啊。而在贝托莱街上，围绕德尔菲娜·勒内尔莫尔的那个椭圆形的圈，是他最大的败笔。”

“怎么讲?”卡斯特罗问。“快看！雄鸫终于来了！那就是雄鸫，长着黄色的喙!”

“圈之所以是椭圆形是因为人行道太窄了。这就是一个怪癖者绝不能忍受的一件事。他会宁愿再走上三条街，就这么回事。假如圈在那里的话，说明它只能在那里，在巡逻警员的半路上，一条有助于行凶的阴暗小巷。圈画成椭圆形是因为他无法在其他地方杀害德尔菲娜·勒内尔莫尔，无法在大马路上杀她。到处都有太多警察了，我已经说过了，丹格拉尔。他必须要找掩护，在最稳妥的地方动手杀人。而圈画成怎样都好，还可能更窄呢。对于一名所谓的怪癖者来说，这真是一件戏剧化的蠢事啊。”

“当天晚上，您知道画圈人就是凶手吗?”

“我至少知道圈是坏圈。是错圈。”

“那么他这场戏演得可是真好啊，这个勒内尔莫尔。他把我也骗过了，不是吗？他的恐慌，他的啜泣，他的脆弱，还有随后他的招认，以及随后他的无罪。该死的。”

“演得太好了。他动摇了您，丹格拉尔。甚至预审法官这样天生多疑的人，也推断他不可能是犯人。在他自己的圈里谋杀他自己的妻子？无法想象啊。只有释放他，由着他把我们引向那个他让我们追踪到的地点。一直追到他为我们设计好的那名罪犯，老克莱芒丝身上。我什么都没多做。我只是任其带路而已。”

“雄鸫为雌鸫找来了一件礼物，”卡斯特罗说。“是一小片锡纸耶。”

“你对我们的话题就一点儿都不感兴趣吗？”丹格拉尔问。

“我有啊。但我不想做出一副听得很专心的样子，那样的话我就会显得像个傻瓜。你们没发现吧，但其实我对此事也是好好思考过的。我得出的唯一结论，就是勒内尔莫尔这人有些不太健康。不过也就这么多了。因为就像我们所有人一样，我也是在找克莱芒丝呀。”

“克莱芒丝……”阿当斯贝格说。“他一定花了不少工夫才找到她。他必须选一个和他年龄相仿，外貌平平，并且与世隔绝到即便失踪也不会有人介意的人。这位住在讷伊的瓦尔蒙老太太真是再理想不过了，尤其是她对那些小启事还有一种孤独又狂热的迷信。他引诱她，答应给她甜头，说服她变卖了所有财产，只带着两个手提箱来找他，这也不算是天方夜谭。克莱芒丝只对她的邻居们讲过。但鉴于他们不算朋友，所以也就没人对她的这次冒险有所警觉，所有人反而津津乐道。从没一个人见过那位未婚夫。可怜的老太太就这么去赴约会了。”

“快看啊，”卡斯特罗说，“又来了第二只雄鸫。它想什么呢这是？雌鸫在看着它。这要引发一场战争了。该死。生活啊，老天，生活啊！”

“他杀了她，”丹格拉尔说，“然后把她埋在这里。但为什么是这里？我们到底在哪儿呢？”

阿当斯贝格抬起一条疲倦的手臂指向他的左侧。

“要埋葬一个人，就要找一个安静的地点。那边的那座森林小屋，正是勒内尔莫尔在乡下的房子。”

丹格拉尔看向小屋。好啊，勒内尔莫尔干得好啊。

“这些之后，”丹格拉尔拾起话头，“他穿上了老克莱芒丝的旧衣服。这很简单，因为他得到了她的那两只行李箱。”

“说下去，丹格拉尔。我请您来说完。”

“好家伙，”卡斯特罗说，“雌鸫现在飞走了，它丢下了那片小锡纸。送礼的都瞎了眼啦。不，它又回来了。”

“他住进了玛蒂尔德的家，”丹格拉尔继续说。“这个女人尾随他。这个女人令他担忧。他必须监控玛蒂尔德，而后使她为他所驱使。相对独立自由的公寓为他提供了绝佳的场所。出了意外情况时，玛蒂尔德会成为一位梦幻般的目击者：她既认识画圈人，同时又认识克莱芒丝。她认为这是两个不同的个体，而他就利用这点使她信服。但对于那些牙，他是怎么做到的？”

“是您对我提起他用牙齿磕烟斗的声音的。”

“没错。所以那是副假牙。他只需搞一副旧假牙就可以了。还有眼睛呢？勒内尔莫尔的眼睛是蓝色的。而克莱芒丝的眼睛是褐色的。隐形眼镜吗？当然。是隐形眼镜。还有软帽。手套。永远戴着手套。变装总是要求时间、耐心，以及技术的。之后他是怎么能穿着一副老太太的装束走出自家大门的？总有邻居会看到的吧。他在哪里换装呢？

“他在路上换。他出自己家门时是男人打扮，去长老街时是女人打扮。反之亦然，当然了。”

“那么？是一个废弃场所？建筑工地的一个小屋，可以让他在那儿藏起他的衣物？”

“有可能。必须把它找出来。或者他可能已经自己告诉我们了。”

“建筑工地的一个小屋，满是一些食物残渣、空酒瓶，还有一个稍稍有些发霉的柜橱？就是这个对吗？那股气味？衣服上的那股烂苹果味？那为什么克莱芒丝的衣服上什么也闻不出来呢？”

“它们比较轻便。他把它们穿在自己的外衣底下，把其他的东西，软帽、手套，收在他的随身包中。但他没有办法把他男人的服装藏在克莱芒丝的衣服里面。所以他把它们寄存在中途。”

“真是个该死的安排。”

“对某些人来说，这样的安排是一种精致的烹饪。一桩精心策划的谋杀要求他提前几个月就着手准备。在第一桩谋杀之前，他花费超过四个月的时间来画圈。这位拜占庭学者不会在最小最细的准备时间上拖延。我很肯定他在这其中享受到了无尽的愉悦。比如那条指向热拉尔·蓬蒂厄、使我们全都追着克莱芒丝跑的线索。这是一种他乐于追求的完美极致。甚至在克莱芒丝家留下的那滴血迹，也是他在走之前刻意抹上去的。”

“他现在在哪儿？老天，他到底在哪儿？”

“在城里。他正要去吃饭。不急不慌，他对自己太自信了。一个如此复杂的计划绝不会露馅。但他却不知道时尚杂志的事。他的德尔菲拥有一些没有对他说过的小小自由。”

“是小个的雄鸫赢了，”卡斯特罗说。“我要给它一些面包。它干得漂亮。”

阿当斯贝格抬起头。实验室的人马到了。孔蒂正从卡车上下来，带着他所有的大包小包。

“你就快看到了，”丹格拉尔向孔蒂打着招呼说，“这次不是卷发夹子。但却是那同一个家伙干的。”

“那个家伙，我们现在就去找他，”阿当斯贝格站起身来说。

* * *

奥古斯丁一路易·勒内尔莫尔的房子是一座缺乏修缮的早年的狩猎行馆。一颗雄鹿头悬挂在入口的大门上方。

“这是个欢乐的男人啊，”丹格拉尔说。

“这是个并不欢乐的男人，”阿当斯贝格说。“他喜爱死神。雷耶是这么向我描述克莱芒丝的。他尤其提到，她讲话像个男人。”

“我才不在乎这个，”卡斯特罗说。“你们看啊。”

他自豪地向他们展示那只雌鸫攀在了他的肩上。

“你们见过这个吗？一只驯化的雌鸫？而它还选中了我，选中了我耶？”

卡斯特罗笑了起来。

“我要叫它面包屑，”他说。“会很傻吗，会吗？你们觉得它会留在我身边吗？”

阿当斯贝格按响了门铃。便鞋滑动的声音在走廊上轻轻地响起。勒内尔莫尔一丁点儿戒心都没有。当他拉开门时，丹格拉尔又一次看到了他那丑陋的蓝眼睛，他白色的皮肤上带着些小小的棕色斑块。

“我正要去吃饭，”勒内尔莫尔说。“出了什么事？”

“一切都败露了，先生，”阿当斯贝格说。“时候到了。”

他把一只手摁在勒内尔莫尔的肩上。

“你们要抓我？”勒内尔莫尔后退着说。

“请您跟我们走，”卡斯特罗说。“您被指控犯下四重谋杀罪。”

雌鸫始终停在卡斯特罗的肩膀上，他抓住勒内尔莫尔的手腕，给他戴上了手铐。过去，在前任警长的时代，卡斯特罗最引以为傲的就是能以他人看不清的速度给人戴上手铐。那个时候，他是什么话也不说的。

丹格拉尔始终盯着画圈人的眼睛。他似乎终于明白了阿当斯贝格曾经讲过的那个傻乎乎的流口水的大胖狗的故事。那个关于残忍的故事。残忍，它渗透了出来。画圈人在这一刻看起来突然变得那么可怖。比土坑里的那具尸体还要可怖。

* * *

晚上，所有警察都回到了巴黎。警局里一片喧闹和沸腾声。画圈人由德克莱尔和马尔热隆押在一把椅子上，接受来自死者的诅咒。

“您听到了吗？”丹格拉尔走进阿当斯贝格的办公室问道。

阿当斯贝格难得这一次没有在涂画。他正站着完成他给预审法官的报告。

“我听到了，”阿当斯贝格说。

“他要割了您的喉咙。”

“我知道，老兄。您该去打电话给玛蒂尔德·弗雷斯蒂埃。她一定很想知道有关鼩鼱的事，这很好理解。”

丹格拉尔心花怒放地出去打电话了。

“她没在家，”他转回来说。“我只找到雷耶。他气死我了，这个雷耶。整天赖在她家里。玛蒂尔德陪人出门去火车北站了，九点钟的车。他觉得她过一会儿就能回来。他还说她状态不好，玛蒂尔德女王的嗓音中有一丝颤抖，说我们可以稍晚过去喝上一杯逗她开心。可开心个什么劲啊?”

阿当斯贝格定定地看着丹格拉尔。

“几点了?”他问。

“八点二十。怎么了?”

阿当斯贝格抓过他的外衣，跑着出门了。丹格拉尔只来得及听到阿当斯贝格对他喊道，让他在他不在的时候读一读他的报告，说他会回来的。

阿当斯贝格跑到街上，寻找着出租车。

他终于在九点差一刻赶到了火车北站。他跑着穿过大门，同时点燃了一根香烟。他狠狠地截住了从里面走出来的玛蒂尔德。

“快，玛蒂尔德，快！是她要走了，对吗？别骗我，天呐！我知道的！几号站台？告诉我站台号?”

玛蒂尔德一言不发地看着他。

“几号台?”阿当斯贝格叫着。

“混蛋!”玛蒂尔德说。“您见鬼去吧，阿当斯贝格。要是没有您在，说不定她就不会总是要离开了。”

“您根本不明白！她就是这个样子的呀！站台号啊，老天!”

玛蒂尔德一点儿都不想回答。

“14 站台，”她说。

阿当斯贝格把她晾在那儿。大厅的大钟还有六分钟就到九点了。他深深地吸了一口气，往 14 号站台去了。

她就在那里。当然是她。身体裹在一身黑色紧身衣和踩脚裤中。就像一个幽灵一样。卡米叶的头伸得直直的，不知道在看向什么，也许是整个火车站吧。阿当斯贝格想起这句表达，想要看到一切，却没有特别地等待着什么东西。她手指间夹着一根香烟。

然后她把它往远处一扔。卡米叶的姿势永远都那么美。这是她非常擅长的。她提起行李，沿着站台走起来。阿当斯贝格奔跑着，抢到了她的前面，转过身来。卡米叶撞在他身上。

“来，”他说。“你得来一下。过来。来一个小时。”

卡米叶看着他，情绪非常激动，正如他所想象的，假如那时他追上了那辆出租车的情形一样。

“不，”她说。“你走吧，让一巴蒂斯特。”

卡米叶站不稳了。阿当斯贝格回想起，卡米叶在正常情况下，总让人感觉她就要乱跑或是纵身跳跃的样子。有点儿像她的母亲。好像她是摇摇晃晃地行走在空中一块柔韧的板子上，而不是像所有人一样，脚踏实地地行走。但这会儿，卡米叶真的是在颤抖。

“卡米叶，你是不是要摔倒了？告诉我？”

“不。”

卡米叶放下她的行李，把她的双臂举过头顶，好像她是要触及天空。

“看，你看，让一巴蒂斯特。踮起脚尖尽情地伸展。你看到吗？这样我就不会摔倒。”

卡米叶微笑着，叹着气把手臂放了下来。

“我爱你。现在就让我走吧。”

她提起行李扔进开着的车门。她登上三级台阶，转过身来，苗条，一身漆黑，而阿当斯贝格真的不愿意接受他只剩下几秒钟时间来注视这张既像希腊神祇又像埃及娼妇的面孔。

卡米叶摇着头。

“你知道的，让－巴蒂斯特。我爱你，可老天啊，这是不会吹口气说走就走的。那些苍蝇，对了。那些苍蝇，它们吹口气就能飞走。我会向你说明这一点的，让－巴蒂斯特：你没有一只苍蝇身上的任何特质。老天啊。但要爱着像你一样的人，我没有那种勇气。太难了。这让我痛苦。永远没人知道你在哪里，你把你的灵魂游荡在哪里。这使我消耗，也令我担忧。至于说到我的灵魂，我也让它游荡得太过了一点儿。结果大家全都在不停地担忧。老天啊，这你全都知道的，让－巴蒂斯特。”

卡米叶微笑着。

车门要关上了，它要离开月台的边沿。明令禁止从车窗投掷东西。是的，阿当斯贝格全都知道的。这种行为会致伤或致死。火车开动了。

一个小时。哪怕在死去之前的一个小时。

阿当斯贝格跟在火车后面跑着，抓住了车栏杆。

“我是警察，”他对就要发飙的列车员说道。

他跑过半列火车。

他找到卡米叶时，她正躺在她的铺位上，枕着她的手肘，她没有睡，没有在读书，也没有哭。他走进包厢，关上了门。

“我时常这样想，”卡米叶说，“你真是阴魂不散。”

“我想在你身边躺一个小时。”

“为什么非得是一个小时？”

“我不知道。”

“你仍旧保留着这个习惯吗？你现在还总是说‘我不知道’吗？”

“我什么习惯也没有丢弃过。我爱你，我想在这里躺一个小时。”

“不。那之后我就该痛苦死了。”

“你说得对。我也是。”

他们两个人就这样面对着面地待了好长一会儿。列车员进来了。

“我是警察，”阿当斯贝格重复道。“我在向女士问话。现在别让任何人进来。下一站是哪里？”

“里尔，还有两小时。”

“谢谢，”阿当斯贝格说。然后他又冲他笑了笑，为了不使他受伤害。

卡米叶起身，看着车窗外飞驰而过的景色。

“这就是人们所说的滥用职权，”阿当斯贝格说。“我很抱歉。”

“你说一个小时？”卡米叶问，额头贴着窗玻璃。“不管怎样，你认为我们还能做别的事吗？”

“不。坦诚讲我不那么认为，”阿当斯贝格说。

卡米叶靠在他身上。阿当斯贝格抱住她，就像在他的梦中，那名年轻的侍者等在床上一样。火车包厢里真是太好了，侍者不在这里。也没有玛蒂尔德来打断他。

“里尔，正好还有两小时，”卡米叶说。

“你一个小时，我一个小时，”阿当斯贝格说。

*　*　*

到达里尔前的几分钟，阿当斯贝格在黑暗中穿上衣服。然后他帮卡米叶也穿好，动作极其缓慢。事实上，大家都不开心。

“再见了，亲爱的，”他说。

他抚摸着她的头发，亲吻了她。

他不想看着火车再次出发。他留在站台上，双臂交叉。他想起他把他的外衣落在了包厢里。他想象着卡米叶也许会穿上它，袖子会一直拖到她的手指，她穿成这样是那么的美丽，她会在夜里打开车窗，观赏外面的景色。但他已经不在那列火车上，不再知道卡米叶现在是什么样子。他想要走一走，去火车站前找一个旅馆。他会再见到小可爱。一个小时。哪怕在死去之前的一个小时。

旅馆老板给他开了一间会看到铁轨的房间。他说他不介意，他要打个电话。

“丹格拉尔？我是阿当斯贝格。勒内尔莫尔还在您手上吗？他没睡呢？太好了。告诉他我现在不想寻死呢。不。我不是为了这个才给您打电话。是为了时尚杂志的事。您读一读时尚杂志上，德尔菲娜·维特吕埃尔的那些文章。接着您再去读一读拜占庭问题大专家的那些书。您就会明白是她写了他那些书的。她独立完成的。而他只是收集了文献资料。全靠她，那位吃草的情人，德尔菲娜早晚有一天会挣脱这种奴役，勒内尔莫尔知道得很清楚。她最终会敢于讲出来。那时候所有人都会知道伟大的拜占庭问题学者从来都没存在过，而代替他构思及成书的那个人，是他的妻子。所有人都会知道他什么也不是，只是个卑微的暴君，只是个鼠辈。这就是他的动机，丹格拉尔，没有别的。告诉他，他杀了德尔菲也不会有任何用处。他是自寻死路。”

“您为什么这么咬牙切齿？”丹格拉尔问。“您在哪儿呢？”

“我在里尔。我不开心。一点儿都不开心，老兄。但这会过去的。会过去的，我很肯定。您等着瞧吧。明天见，丹格拉尔。”

卡米叶在走廊上吸烟，她的手缩在让－巴蒂斯特那件外衣的袖口里。她不想看景色。再过一会儿，她就会驶出法国。她试图保持平静。在国境之外。

阿当斯贝格在漆黑一片中躺在旅馆房间的床上，等待着进入睡眠，他的手枕在脖子下面。他重新打开灯，从裤子后兜中掏出他的日程本来。这个日程本，他并不觉得它推进了什么大事。不过总算是有一个。

他用铅笔写道：“我躺在里尔。我丢了我的外衣。”

他停住，思考着。他的确是正躺在里尔。然后他在后面写道：

“我没有睡。

“于是，久久地躺在床上，我想到我的人生。”